面包错落有致地摆放在木质展架上，

烘培与咖啡的香气扑面而来，

新鲜的草莓慕斯，

一定要草莓最大最甜的。

这短短的一生啊，

我们追逐着外在的成功，

却忽略了真正让人感到幸福的，

是灯火微明时的安宁 和柴米油盐间的满足。

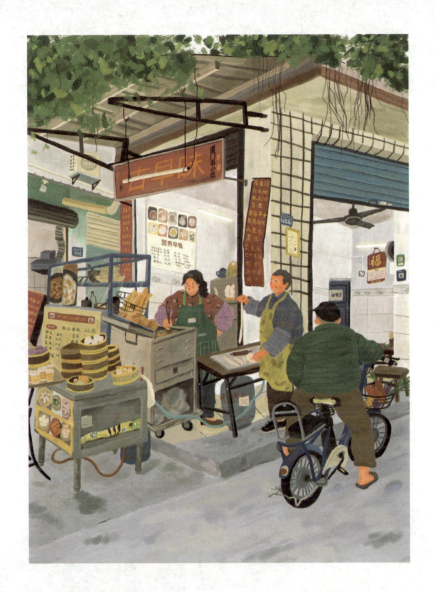

街角小小的早餐店，

一屉小笼包，一碗热粥，

简单的烟火气，满是生活静静流淌的美好与温柔。

"刘阿姨，老三样！"街坊热络地喊着，

阿姨麻利地装袋递上。

诚信粮油

主营：粮油、大米、各种佐料

岁月变迁，粮油店还在那儿，
每天人来人往，踏实又平常。
卖的是粮油，装的是生活，
平凡日子就这么稳稳当当。

夏天，

我们喝绿豆汤，吃桃、樱桃和西瓜，

在各种意义上都漫长且愉快，

日子发出声响。

我们追求的幸福莫过于厨房有烟火，
饭后有水果，
家里有温度，
心里有牵挂。

在老街的尽头路过一家花店，

街外是车水马龙的喧嚣，

小店静静地守在角落里，

治愈着匆匆而过的行人。

裁缝店是生活的缩影，

在这里，长短可以调整，瑕疵可以修复。

正如生活，只要用心经营，总能缝补出美好的模样。

杨梅熟了，夏天到了。

午后买一些水果带回家，

这简单的美好，是生活的馈赠。

街头一角炉火正旺，
忙碌的人们在小吃摊前驻足，
享受一天中难得的清闲时刻，
日子寻常，却因这片刻安暖，
顿觉人间值得。

这本书很好吃

汪曾祺 等 ——著

光明日报出版社

图书在版编目（CIP）数据

这本书很好吃 / 汪曾祺等著. -- 北京 ：光明日报
出版社，2025. 3. -- ISBN 978-7-5194-8538-2

Ⅰ. I267

中国国家版本馆CIP数据核字第20250CE723号

本书部分文字作品著作权由中国文字著作权协会授权，电话：010-65978917，
传真：010-65978926，E-mail: wenzhuxie@126.com。

这本书很好吃
ZHE BEN SHU HEN HAO CHI

著　　者：汪曾祺 等

责任编辑：徐　蔚　　　　　　　　　责任校对：孙　展
特约编辑：刘丽娜　　　　　　　　　责任印制：曹　诤
封面设计：李果果　　　　　　　　　封面插画：虾米粉粉酱
内文插画：张小碧

出版发行：光明日报出版社

地　　址：北京市西城区永安路 106 号，100050

电　　话：010-63169890（咨询），010-63131930（邮购）

传　　真：010-63131930

网　　址：http://book.gmw.cn

E － mail：gmrbcbs@gmw.cn

法律顾问：北京市兰台律师事务所龚柳方律师

印　　刷：河北文扬印刷有限公司

装　　订：河北文扬印刷有限公司

本书如有破损、缺页、装订错误，请与本社联系调换，电话：010-63131930

开　　本：146mm×210mm　　　　　　印　张：8

字　　数：160 千字

版　　次：2025 年 3 月第 1 版

印　　次：2025 年 3 月第 1 次印刷

书　　号：ISBN 978-7-5194-8538-2

定　　价：49.80 元

目录

饕餮江山

南北风味

安闲岁月

人间知味

饕

餮

江

山

烧鸭 北京·大菜

梁实秋

北平烤鸭，名闻中外。在北平不叫烤鸭，叫烧鸭，或烧鸭子，在口语中加一子字。

《北平风俗杂咏》严辰《忆京都词》十一首，第五首云：

忆京都·填鸭冠寰中

烂煮登盘肥且美，加之炮烙制尤工。

此间亦有呼名鸭，骨瘦如柴空打杀。

严辰是浙人，对于北平填鸭之倾倒，可谓情见乎词。

北平苦旱，不是产鸭盛地，唯近在咫尺之通州得运河之便，渠塘交错，特宜畜鸭。佳种皆纯白，野鸭花鸭则非上选。鸭自通州运到北平，仍需施以填肥手续。以高粱及其他饲料揉搓成圆条状，较一般香肠热狗为粗，长约四寸许。通州的鸭子师傅抓过一只鸭来，夹在两条腿间，使不得动，用手掰开鸭嘴，以粗长的一根根的食料蘸着水硬行塞入。鸭子要叫都叫不出声，只有眨巴眼的份儿。塞进口中之后，用手紧紧地往下捋鸭的脖子，硬把那一根根的东西挤送到鸭的胃里。填进几根之后，眼看着再填就要撑破肚皮，这才松手，把鸭关进一间不见天日的小棚子里。几十百只鸭关在一起，像沙丁鱼，绝无活动余地，只是尽量给予水喝。这样关了若干天，天天扯出来填，非肥不可，故名填鸭。一来鸭子品种好，二来师傅手艺高，所以填鸭为北平所独有。抗战时期在后方有一家餐馆试行填鸭，三分之一死去，没死的虽非骨瘦如柴，也并不很肥，这是我亲眼看到的。鸭一定要肥，肥才嫩。

北平烧鸭，除了专门卖鸭的餐馆如全聚德之外，是由便宜坊（即酱肘子铺）发售的。在馆子里亦可吃烧鸭，例如在福全馆宴客，就可以叫右边邻近的一家便宜坊送了过来。自从宣外的老便宜坊关张以后，要以东城的金鱼胡同口的宝华春为后起之秀，楼下门市，楼上小楼一角最是吃烧鸭的好地方。在家里，打一个电话，宝华春就会派一个小力巴，用保温的铅铁桶送来一只才出炉的烧鸭，油淋淋的，烫手热的。附带着他还管代蒸荷叶饼葱酱之类。他在席旁小桌上当众片鸭，手艺不错，讲究片得薄，每一片有皮有油有肉，随后一盘瘦肉，最后是鸭头鸭尖，大功告成。主人高兴，赏钱两吊，小力巴欢天喜地称谢而去。

填鸭费工费料，后来一般餐馆几乎都卖烧鸭，叫作叉烧烤鸭，连闷炉的设备也省了，就地一堆炭火一根铁叉就能应市。同时用的是未经填肥的普通鸭子，吹凸了鸭皮晾干一烤，也能烤得焦黄迸脆。但是除了皮就是肉，没有黄油，味道当然差得多。有人到北平吃烤鸭，归来盛道其美，我问他好在哪里，他说："有皮，有肉，没有油。"我告诉他："你还没有吃过北平烤鸭。"

所谓一鸭三吃，那是广告噱头。在北平吃烧鸭，照例有一碗滴出来的油，有一副鸭架装。鸭油可以蒸蛋羹，鸭架装可以熬白菜，也可以煮汤打卤。馆子里的鸭架装熬白菜，可能是预先煮好的大锅菜，稀汤洸水，索然寡味。会吃的人要把整个的架装带回家里去煮。这一锅汤，若是加口蘑（不是冬菇，不是香蕈）打卤，卤上再加一勺炸花椒油，吃打卤面，其味之美无与伦比。

烧羊肉 北京·大菜

梁实秋

　　大家都知道北平月盛斋的酱羊肉酱牛肉，制作精良，名闻遐迩。其实夏季各处羊肉床子所卖的烧羊肉，才是一般市民所常享受的美味。月盛斋的出品虽然好，谁愿老远地跑到前门户部街去买他一斤两斤的肉？

　　烧羊肉和酱羊肉不同，味道不同，制法不同，吃法不同。酱羊肉是大块羊肉炖得烂透，切片，冷食。烧羊肉完全不一样。烧羊肉只有羊肉床子卖。所谓羊肉床子，就是屠宰售卖羊肉的店铺，到夏季附带着于午后卖烧羊肉。店铺全是回族人的生意，内外清洁，刷洗得一尘不染。大块五花羊肉入锅煮熟，捞出来，俟稍干，入油锅炸，炸到外表焦黄，再入大锅加料加酱油焖煮，煮到呈焦黑色，取出切条。这样的羊肉，外焦里嫩，走油不腻。买烧羊肉的时候不要忘了带碗，因为他会给你一碗汤，其味浓厚无比。自己做抻条面，用这汤浇上，比一般的牛肉面要鲜美得多。正是新蒜上市的时候，一条条编成辫子的大蒜沿街叫卖，新蒜不比旧蒜，特别嫩脆，也正是黄瓜的旺季，切成条。大蒜黄瓜佐烧羊肉面，美不可言。

离开北平，休想吃到像样的羊肉。湖南馆子的红烧羊肉，没有羊肉味，当然也没有羊肉特具的腥膻，同时也就没有羊肉特具的香气，而且连皮带肉一起红烧，北方佬看了一惊。有一天和一位旗籍朋友聊天，谈起烧羊肉，惹得他眉飞色舞，涎流三尺。他说，此地既有羊肉，虽说品质甚差，然而何妨一试？他说做就做，不数日，喊我去尝。果然有七八分相似，慰情聊胜于无，相与拊掌大笑。

两做鱼　河南·大菜

梁实秋

常听人说北方人不善食鱼，因为北方河流少，鱼也就不多。我认识一位蒙古族同胞，除了糟熘鱼片之外，从不食鱼；清蒸鲥鱼，干烧鲫鱼，他不屑一顾，他生怕骨鲠刺喉。可是亦不尽然。不久以前我请一位广东朋友吃石门鲤鱼，居然谈笑间一根大刺横鲠在喉，喝醋吞馒头都不收效，只好到医院行手术。以后他大概只能吃"滑鱼球"了。我又有一位江西同学，他最会吃鱼，一见鱼脍上桌便不停下箸，来不及剔吐鱼刺，伸出舌头往嘴边一送，便一根根鱼刺贴在嘴角上，积满一把才用手抹去。可见食鱼之巧拙，与省籍无关，不分南北。

《诗经·陈风》："岂其食鱼，必河之鲂？""岂其食鱼，必河之鲤？"河就是黄河。鲂味腴美，《本草纲目》说："鲂鱼处处有之。"汉沔固盛产，黄河里也有。鲤鱼就更不必说，跳龙门的就是鲤鱼。冯谖齐人，弹铗叹食无鱼，孟尝君就给他鱼吃，大概就是黄河鲤了。

提起黄河鲤，实在是大大有名。黄河自古时常泛滥，七次改道，为一大灾害，治黄乃成历朝大事。清代置河道总督管理其事，动员人众，斥付巨资，成为大家艳羡的肥缺。从事河工者乃穷极奢侈，饮食一道自然精益求精。于是豫菜乃能于餐馆业中独树一帜。全国各地皆有渔产，松花江的白鱼、津沽的银鱼、近海的石首鱼、松江之鲈、长江之鲥、江淮之鲴、远洋之鲳……无不佳美，难分轩轾。黄河鲤也不过是其中之一。

豫菜以开封为中心，洛阳亦差堪颉颃。到豫菜馆吃饭，柜上先敬上一碗开口汤，汤清而味美。点菜则少不得黄河鲤。一尺多长的活鱼，欢蹦乱跳，伙计当着客人面前把鱼猛掷触地，活活摔死。鱼的做法很多，我最欣赏清炸酱汁两做，一鱼两吃，十分经济。

清炸鱼说来简单，实则可以考验厨师使油的手艺。使油要懂得沸油、热油、温油的分别。有时候做一道菜，要转变油的温度。炸鱼要用猪油，炸出来色泽好，用菜油则易焦。鱼剖为两面，取其一面，在表面上斜着纵横细切而不切断。入热油炸之，不须裹面糊，可裹荧粉，炸到微黄，鱼肉一块块地裂开，看样子就引人入胜。撒上花椒盐上桌。常见有些他处的餐馆做清炸鱼，鱼的身份是无可奈何的事，只要是活鱼就可以入选了，但是刀法太不讲究，切条切块大小不一，鱼刺亦多横断，最坏的是外面裹了厚厚一层面糊。

两做鱼另一半酱汁，比较简单，整块的鱼嫩熟之后浇上酱汁即可，唯汁宜稠而不黏，咸而不甜。要撒姜末，不需别的佐料。

狮子头

江苏·大菜

梁实秋

狮子头，扬州名菜。大概是取其形似，而又相当大，故名。北方饭庄称之为四喜丸子，因为一盘四个。北方做法不及扬州狮子头远甚。

我的同学王化成先生，扬州人，幼失恃，赖姑氏抚养成人，姑善烹调，化成耳濡目染，亦通调和鼎鼐之道。化成官外交部多年，后外放葡萄牙"公使"历时甚久，终于任上。他公余之暇，常亲操刀俎，以娱嘉宾。狮子头为其拿手杰作之一，曾以制作方法见告。

狮子头人人会做，巧妙各有不同。化成教我的方法是这样的——

首先取材要精。细嫩猪肉一大块，七分瘦三分肥，不可有些许筋络纠结于其间。切割之际最要注意，不可切得七歪八斜，亦不可剁成碎泥，其秘诀是"多切少斩"。挨着刀切成碎丁，越碎越好，然后略为斩剁。

次一步骤也很重要。肉里不羼芡粉，容易碎散；加了芡粉，黏糊糊的不是味道。所以调好芡粉要抹在两个手掌上，然后捏搓肉末成四个丸子，这样丸子外表便自然糊上了一层芡粉，而里面没有。把丸子微微按扁，下油锅炸，以丸子表面紧绷微黄为度。

再下一步是蒸。碗里先放一层转刀块冬笋垫底，再不然就横切黄芽白作墩形数个也好。把炸过的丸子轻轻放在碗里，大火蒸一个钟头以上。揭开锅盖一看，浮着满碗的油，用大匙把油撇去，或用大吸管吸去，使碗里不见一滴油。

这样的狮子头，不能用筷子夹，要用羹匙舀，其嫩有如豆腐。肉里要加葱汁、姜汁、盐。愿意加海参、虾仁、荸荠、香蕈，各随其便，不过也要切碎。

狮子头是雅舍食谱中重要的一色。最能欣赏的是当年在北碚的编译馆同仁萧毅武先生，他初学英语，称之为"莱阳海带"，见之辄眉飞色舞。化成客死异乡，墓木早拱矣，思之怃然！

河豚[1] 江苏·大菜

汪曾祺

阅报，江阴有人食河豚中毒，经解救，幸得不死。杨花扑面，节近清明，这使我想起，正是吃河豚的时候了。苏东坡诗：

> 竹外桃花三两枝，
> 春江水暖鸭先知。
> 蒌蒿满地芦芽短，
> 正是河豚欲上时。

梅圣俞诗：

1　节选自《四方食事》。

河豚当是时，

贵不数鱼虾。

宋朝人是很爱吃河豚的，没有真河豚，就用了不知什么东西做出河豚的样子和味道，谓之"假河豚"，聊以过瘾，《东京梦华录》等书都有记载。

江阴当长江入海处不远，产河豚最多，也最好。每年春天，鱼市上有很多河豚卖。河豚的脾气很大，用小木棍捅捅它，它就把肚子鼓起来，再捅，再鼓，终至成了一个圆球。江阴河豚品种极多。我所就读的南菁中学的生物实验室里搜集了各种河豚，浸在装了福尔马林的玻璃器内。有的很大，有的小如金钱龟。颜色也各异，有带青绿色的，有白的，还有紫红的。这样齐全的河豚标本，大概只有江阴的中学才能搜集得到。

河豚有剧毒。我在读高中一年级时，江阴乡下出了一件命案，"谋杀亲夫"。"奸夫""淫妇"在游街示众后，同时枪决。毒死亲夫的东西，即是一条煮熟的河豚。因为是"花案"，那天街的两旁有很多人鹄立伫观。但是实在没有什么好看，奸夫淫妇都蠢而且丑，奸夫还是个黑脸的麻子。这样的命案，也只能出在江阴。

但是河豚很好吃，江南谚云："拼死吃河豚。"豁出命去，也要吃，可见其味美。据说整治得法，是不会中毒的。我的几个同学都曾约定请我上家里吃一次河豚，说是"保证不会出问题"。江阴正街上有一家饭馆，是卖河豚的。这家饭馆有一块祖传的木板，刷印保单，内容是如果在他家铺里吃河豚中毒致死，主人可以偿命。

河豚之毒在肝脏、生殖腺和血，这些可以小心地去掉。这种办法有例可援，即"洁本"《金瓶梅》是。

我在江阴读书两年，竟未吃过河豚，至今引为憾事。

火腿　浙江·大菜

梁实秋

　　从前北方人不懂吃火腿，嫌火腿有一股陈腐的油腻涩味，也许是不善处理，把"滴油"一部分未加削裁就吃下去了，当然会吃得舌矫不能下，好像舌头要粘住上腭一样。有些北方人见了火腿就发怵，总觉得没有清酱肉爽口。后来许多北方人也能欣赏火腿，不过火腿究竟是南货，在北方不是顶流行的食物。道地的北方餐馆做菜配料，绝无使用火腿，永远是清酱肉。事实上，清酱肉也的确很好，我每次做江南游总是携带几方清酱肉，分馈亲友，无不赞美。只是清酱肉要输火腿特有的一段香。

　　火腿的历史且不去谈它。也许是宋朝大破金兵的宗泽于无意中所发明。宗泽是义乌人，在金华之东。所以直到如今，凡火腿必曰金华火腿。东阳县亦在金华附近，《东阳县志》云："熏蹄，俗谓火腿，其实烟熏，非火也。腌晒熏将如法者，果胜常品，以所腌之盐必台盐，所熏之烟必松烟，气香烈而善入，制之及时如法，故久而弥旨。"火腿制作方法亦不必细究。总之手续及材料必定很有考究。东阳上蒋村蒋氏一族大部分以制火腿为业，故"蒋腿"特为著名。金华本地常不能吃到好的火腿，上品均已行销各地。

我在上海时，每经大马路，辄至天福市得熟火腿四角钱，店员以利刃切成薄片，瘦肉鲜明似火，肥肉依稀透明，佐酒下饭为无上妙品。至今思之犹有余香。

一九二六年冬，某日吴梅先生宴东南大学同仁于南京北万全，予亦叨陪。席间上清蒸火腿一色，盛以高边大瓷盘，取火腿最精部分，切成半寸见方高寸许之小块，二三十块矗立于盘中，纯由醇酿花雕蒸制熟透，味之鲜美无与伦比。先生微酡，击案高歌，盛会难忘，于今已有半个世纪有余。

抗战时，某日友人召饮于重庆之留春坞。留春坞是云南馆子。云南的食物产品，无论是萝卜或是白菜都异常硕大，猪腿亦不例外。故云腿通常均较金华火腿为壮观，脂多肉厚，虽香味稍逊，但是做叉烧火腿则特别出色。留春坞的叉烧火腿，大厚片烤熟夹面包，丰腴适口，较湖南馆子的蜜汁火腿似乎犹胜一筹。

台湾气候太热，不适于制作火腿，但有不少人仿制，结果不是粗制滥造，便是腌晒不足急于发售，带有死尸味；幸而无尸臭，亦是一味死咸，与"家乡肉"无殊。逢年过节，常收到礼物，火腿是其中一色。即使可以食用，其中那根大骨头很难剔除，运斤猛斫，可能砍得稀巴烂而骨尚未断，我一见火腿便觉束手无策，廉价出售不失为一办法，否则只好央由菁清持往熟识商店请求代为肢解。

有人告诉我，整只火腿煮熟是有诀窍的。法以整只火腿浸泡水中三数日，每日换水一二次，然后刮磨表面油渍，然后用凿子挖出其中的骨头（这层手续不易），然后用麻绳紧紧捆绑，下锅煮沸二十分钟，然后以微火煮两小时，然后再大火煮沸，取出冷却，即可食用。像这样繁复的手续，我们哪得工夫？不如买现成的火腿吃（台北有两家上海店可以买到），如果买不到，干脆不吃。

有一次得到一只真的金华火腿，瘦小坚硬，大概是收藏有年。菁清持往熟识商肆，老板奏刀，"砉"的一声，劈成两截。他怔住了，鼻孔翕张，好像是嗅到了异味，惊叫："这是道地的金华火腿，数十年不闻此味矣！"他嗅了又嗅不忍释手，他要求把爪尖送给他，结果连蹄带爪都送给他了。他说回家去要好好炖一锅汤吃。

美国的火腿，所谓ham，不是不好吃，是另一种东西。如果是现烤出来的大块火腿，表皮上烤出凤梨似的斜方格。趁热切大薄片而食之，亦颇可口，唯不可与金华火腿同日而语。"佛琴尼亚火腿"则又是一种货色，色香味均略近似金华火腿，去骨者尤佳，常居海外的游子，得此聊胜于无。

醋熘鱼　浙江·大菜

梁实秋

清梁晋竹《两般秋雨盫随笔》：

> 西湖醋熘鱼，相传是宋五嫂遗制，近则工料简涩，直不见其佳
> 处。然名留刀匕，四远皆知。番禺方橡坪孝廉恒泰《西湖词》云：

> 小泊湖边五柳居，当筵举网得鲜鱼。
> 味酸最爱银刀鲙，河鲤河鲂总不如。

梁晋竹是清道光时人，距今不到二百年，他已感叹当时的
西湖醋熘鱼之徒有虚名。宋五嫂的手艺，吾固不得而知，但是
七十年前侍先君游杭，在楼外楼尝到的醋熘鱼，仍惊叹其鲜
美，嗣后每过西湖辄登楼一膏馋吻。楼在湖边，凭窗可见巨篓
系小舟，篓中畜鱼待烹，固不必举网得鱼。普通选用青鱼，即

草鱼，鱼长不过尺，重不逾半斤，宰割收拾过后沃以沸汤，熟即起锅，勾芡调汁，浇在鱼上，即可上桌。

醋熘鱼当然是汁里加醋，但不宜加多，可以加少许酱油，亦不能多加。汁不要多，也不要浓，更不要油，要清清淡淡，微微透明。上面可以略撒姜末，不可加葱丝，更绝对不可加糖。如此方能保持现杀活鱼之原味。

现时一般餐厅，多标榜西湖醋熘鱼，与原来风味相去甚远。往往是浓汁满溢，大量加糖，无复清淡之致。

腌鱼腊肉　浙江·大菜

周作人

　　腌鱼腊肉是很好吃的东西，特别我们乡下人是十分珍重的。这里边自然也有珍品，有如火腿家乡肉之类，但大抵还以自制的为多，如酱鸭风鸡、糟鹅糟肉，在物力不很艰难的时光，大抵也比制备腌菜干菜差不了多少，因为家禽与白菜都可能自备，只有猪肉须得从店铺里去买来。

　　上边所说的腊味大都是冬季的制品，其用处在新年新岁，市场休息，买办不便的时候，可以供应客人，也可自吃，与鲞冻肉有同样的功用。至于腌鱼，除青鱼干（但亦干而非腌）外多是店里的东西，我们在乡下所见的大概都来自宁波，其种类似乎要比在上海为多，南货店的物品差不多以此为一大宗，成斤成捆地卖出去，不比山珍海错，一年难得销出多少，所以称它为咸鲞店也实在名副其实。富人每日烹鲜击肥，一般人没有这份儿，咬腌鱼过日子，也是一种食贫，只是因为沾了海滨的光，比吃素好一点儿，但是缺少维他命，所以实际上还是吃盐味而已，这里须要菜蔬来补他一下，可是恰巧这一方面又是腌菜为主，未免是一个缺点。唯一的救星只有豆腐，这总是到处都有，谁都吃得起的，一块咸鱼，一碗大蒜（叶）煎豆腐，不算什么好东西，却也已够好，在现今可以说是穷措大的盛馔了。

带皮羊肉 浙江·大菜

周作人

在家乡吃羊肉都带皮，与猪肉同，阅《癸巳存稿》，卷十中有云：

> 羊皮为裘，本不应入烹调。《钓矶立谈》云：韩熙载使中原，中原人问江南何故不食剥皮羊，熙载曰，地产罗纨故也，乃通达之言。

因此知江南在五代时便已吃带皮羊肉矣。大抵南方羊皮不适于为裘，不如剃毛做毡，以皮入馔，猪皮或有不喜唉者，羊皮则颇甘脆，凡吃得羊肉者当无不食也。北京食羊有种种制法，若前门内月盛斋之酱羊肉，又为名物，唯鄙人至今尚不忘故乡之羊肉粥，终以为蒸羊最有风味耳。

羊肉粥制法，用钱十二文买羊肉一包，去包裹的鲜荷叶，放大碗内，再就粥摊买粥三文倒入，下盐，趁热食之，如用自家煨粥更佳。吾乡羊肉店只卖蒸羊，即此间所谓汤羊，如欲得生肉，须先期约定，乡俗必用萝卜红烧，并无别的吃法，云萝卜可以去膻，但店头的熟羊肉却亦并无膻味。北京有卖蒸羊者，乃是五香蒸羊肉，并非白煮者也。

腊肉 湖南·大菜

梁实秋

腊肉就是经过制炼的腌肉，到了腊尾春头的时候拿出来吃，所以叫作腊肉。普通的暴腌咸肉，或所谓"家乡肉"，不能算是腊肉。

湖南的腊肉最出名，可是到了湖南却不能求之于店肆，真正上好的湖南腊肉要到人家里才能尝到。因为腊肉本是我们农村社会中家庭产品，可以长久存储，既以自奉，兼可待客，所谓"岁时伏腊"成了很普通的习俗。

真正上好腊肉我只吃过一次。抗战初期，道出长沙，乘便去湘潭访问一位朋友。乘小轮溯江而上，虽然已是初夏，仍感觉到"春水绿波春草绿色"的景致宜人。朋友家在湘潭城内柳丝巷二号。一进门看见院里有一棵高大的梧桐，里面是个天井，四面楼房。是晚下榻友家，主人以盛馔招待，其中一味就是腊肉腊鱼。我特地到厨房参观，大吃一惊，厨房比客厅宽敞，而且井井有条，一尘不染。房梁上挂着好多鸡鸭鱼肉，下面地上堆了树枝干叶之类，犹在冉冉冒烟。原来腊味之制作最重要的一个步骤就是烟熏。微温的烟熏火燎，日久便把肉类熏得焦黑，但是烟熏的特殊味道都熏进去了。烟从烟囱散去，厨内空气清洁。

腊肉刷洗干净之后，整块地蒸。蒸过再切薄片，再炒一次最好，加青蒜炒，青蒜绿叶可以用但不宜太多，宜以白的蒜茎为主。加几条红辣椒也很好。在不得青蒜的时候始可以大葱代替。那一晚在湘潭朋友家中吃腊肉，宾主尽欢，喝干了一瓶"温州酒汗"，那是比汾酒稍淡近似贵州茅台的白酒。此后在各处的餐馆吃炒腊肉，都不能和这一次的相比。而腊鱼之美乃在腊肉之上。一饮一啄，莫非前定。

徽菜 [1] 安徽·大菜

汪曾祺

　　徽菜专指徽州菜，不是泛指安徽菜。徽菜有特点，味重油多，臭鳜鱼是突出的代表作。据说过去贵池人以鱼篓挑鳜鱼至徽州卖，路上得走几天，至徽州，鱼已发臭，徽州人烹食之，味极美，遂为名菜。我们在合肥的徽菜馆中吃的，鳜鱼是新鲜的，但煎熟后浇以臭卤，味道也非常好，不失为使人难忘的异味。炸斑鸠，极香，骨尽酥，可以连骨嚼咽。毛豆腐是徽州人嗜吃的家常菜。宾馆和饭店做的毛豆腐都是用油炸出虎皮，浇以碎肉汁，加工过于精细，反不如我在屯溪老街一豆腐坊中所吃的，在平锅上煎熟，蘸以葱花辣椒糊，更有风味。屯溪烧饼以霉干菜肉末为馅，烤出脆皮，为他处所无，歙县人很爱吃，但亦不能仿制，不知有何诀窍。

1　节选自《皖南一到》。

佛跳墙 福建·大菜

梁实秋

佛跳墙的名字好怪。何物美味竟能引得我佛失去定力跳过墙去品尝？我来台湾以前没听说过这一道菜。

《读者文摘》（一九八三年七月中文版）引载可叵的一篇短文《佛跳墙》，据她说佛跳墙"那东西说来真罪过，全是荤的，又是猪脚，又是鸡，又是海参、蹄筋，炖成一大锅……这全是广告噱头，说什么这道菜太香了，香得连佛都跳墙去偷吃了"。我相信她的话，是广告噱头，不过佛都跳墙，我也一直地跃跃欲试。

同一年三月七日《青年战士报》有一位郑木金先生写过一篇《油画家杨三郎祖传菜名闻艺坛——佛跳墙耐人寻味》，他大致说："传自福州的佛跳墙……在台北各大餐馆正宗的佛跳墙已经品尝不到了。……偶尔在一般乡间家庭的喜筵里也会出现此道台湾名菜，大都以芋头、鱼皮、排骨、金针菇为主要配料。其实源自福州的佛跳墙，配料极其珍贵。杨太太许玉燕花了十多天闲工夫才能做成的这道菜，有海参、猪蹄筋、红枣、鱼刺、鱼皮、栗子、香菇、蹄髈筋肉等十种昂贵的配料，先熬鸡汁，再将去肉的鸡汁和这些配料予以慢工出细活的好几遍煮法，前后计时将近两星期……已不再是原有的各种不同味道，而合为一味。香醇甘美，齿颊留香，两三天仍回味无穷。"这样说来，佛跳墙好像就是一锅煮得稀巴烂的高级大杂烩了。

北方流行的一个笑话，出家人吃斋茹素，也有老和尚忍耐不住想吃荤腥，暗中买了猪肉运入僧房，乘大众入睡之后，纳肉于釜中，取佛堂燃剩之蜡烛头一罐，轮番点燃蜡烛头于釜下烧之。恐香气外溢，乃密封其釜使不透气。一罐蜡烛头于一夜之间烧光，细火久焖，而釜中之肉烂矣，而且酥软味腴，迥异寻常，戏名之为"蜡头炖肉"。这当然是笑话，但是有理。

我没有方外的朋友，也没吃过蜡头炖肉，但是我吃过"坛子肉"。坛子就是瓦钵，有盖，平常做储食物之用。坛子不需大，高半尺以内最宜。肉及佐料放在坛子里，不需加水，密封坛盖，文火慢炖，稍加冰糖。抗战时在四川，冬日取暖多用炭盆，亦颇适于做坛子肉，以坛置定盆中，烧一大盆缸炭，坐坛子于炭火中而以灰覆炭，使徐徐燃烧，约十小时后炭未尽成烬而坛子肉熟矣。纯用精肉，佐以葱姜，取其不失本味，如加配料以笋为最宜，因为笋不夺味。

"东坡肉"无人不知。究竟怎样才算是正宗的东坡肉，则去古已远，很难说了。幸而东坡有一篇《猪肉颂》：

> 净洗铛，少着水，柴头灶烟焰不起。
>
> 待他自熟莫催他，火候足时他自美。
>
> 黄州好猪肉，价钱如泥土，
>
> 贵者不肯食，贫者不解煮。
>
> 早晨起来打两碗，饱得自家君莫管。

看他的说法，是晚上煮了第二天早晨吃，无他秘诀，小火慢煨而已。也是循蜡头炖肉的原理。就是坛子肉的别名吧？

一日，唐嗣尧先生招余夫妇饮于其巷口一餐馆，云其佛跳墙值得一尝，乃欣然往。小罐上桌，揭开罐盖热气腾腾，肉香触鼻。是否及得杨三郎先生家的佳制固不敢说，但亦颇使老饕满意。可惜该餐馆不久歇业了。

我不是远庖厨的君子，但是最怕做红烧肉，因为我性急而健忘，十次烧肉九次烧焦，不但糟蹋了肉，而且烧毁了锅，满屋浓烟，邻人以为是失了火。近有所谓电慢锅者，利用微弱电力，可以长时间地煨煮肉类，对于老而且懒又没有记性的人颇为有用，曾试烹近似佛跳墙一类的红烧肉，很成功。

饮食男女在福州 （节选）福建·大菜

郁达夫

福州的食品，向来就很为外省人所赏识：前十余年在北平，说起私家的厨子，我们总同声一致地赞成刘崧生先生和林宗孟先生家里的蔬菜的可口。当时宣武门外的忠信堂正在流行，而这忠信堂的主人，就系旧日刘家的厨子，曾经做过清室的御厨房的。上海的小有天以及现在早已歇业了的消闲别墅，在粤菜还没有征服上海之先，也曾盛行过一时。面食里的伊府面，听说还是汀州伊墨卿太守的创作；太守住扬州日久，与袁子才也时相往来，可惜他没有像随园老人那么地好事，留下一本食谱来，教给我们以烹调之法；否则，这一个福建萨伐郎（Savarin）的荣誉，也早就可以驰名海外了。

福建菜之所以会这样著名，而实际上却也实在是丰盛不过的原因，第一，当然是由于天然物产的富足。福建全省，东南并海，西北多山，所以山珍海味，一例地都贱如泥沙。听说沿海的居民，不必忧虑饥饿，大海潮回，只消上海滨去走走，就可以拾一篮海货来充作食品。又加以地气温暖，土质腴厚，森林蔬菜，随处都可以培植，随时都可以采撷。一年四季，笋类菜类，常是不断；野菜的味道，吃起来又比别处的来得鲜甜。福建既有了这样丰富的天产，再加上以在外省各地游宦营商者的数目的众多，佐料采从本地，烹制学自外方，五味调和，百珍并列，于是乎闽菜之名，就宣传在饕餮家的口上了。清初周亮工著的《闽小记》两卷，记述食品处独多，按理原也是应该的。

福州海味，在春三二月间，最流行而最肥美的，要算来自长乐的蚌肉，与海滨一带多有的蛎房。《闽小记》里所说的西施舌，不知是否指蚌肉而言；色白而腴，味脆且鲜，以鸡汤煮得适宜，长圆的蚌肉，实在是色香味俱佳的神品。听说从前有一位海军当局者，老母病剧，颇思乡味；远在千里外，欲得一蚌肉，以解死前一刻的渴慕，部长纯孝，就以飞机运蚌肉至都。从这一件轶事看来，也可想见这蚌肉的风味了；我这一回赶上福州，正及蚌肉上市的时候，所以红烧白煮，吃尽了几百个蚌，总算也是此生的豪举，特笔记此，聊志口福。

蛎房并不是福州独有的特产，但福建的蛎房，却比江浙沿海一带所产的，特别地肥嫩清洁。正二三月间，沿路的摊头店里，到处都堆满着这淡蓝色的水包肉：价钱的廉，味道的鲜，比到东坡在岭南所贪食的蚝，当然只会得超过。可惜苏公不曾到闽海去谪居，否则，阳羡之田，可以不买，苏氏子孙，或将永寓在三山二塔之下，也说不定。福州人叫蛎房作"地衣"，略带"挨"字的尾声，写起字来，我想只有"蚝"字，可以当得。

在清初的时候，江瑶柱似乎还没有现在那么地通行，所以周亮工再三地称道，誉为逸品。在目下的福州，江瑶柱却并没有人提起了，鱼翅席上，缺少不得的，倒是一种类似宁波横脚蟹的蟳蟹，福州人叫作"新恩"，《闽小记》里所说的虎蟳，大约就是此物。据福州人说，蟳肉最滋补，也最容易消化，所以产妇病人以及体弱的人，往往爱吃。但由对蟹类素无好感的我看来，却仍赞成周亮工之言，终觉得质粗味劣，远不及蚌与蛎房或香螺的来得干脆。

福州海味的种类，除上述的三种以外，原也很多很多；但是别地方也有，我们平常在上海也常常吃得到的东西，记下来也没有什么价值，所以不说。至于与海错相对的山珍哩，却更是可以干制，可以输出的东西，益发地没有记述的必要了，所以在这里只想说一说叫作肉燕的那一种奇异的包皮。

初到福州，打从大街小巷里走过，看见好些店家，都有一个大砧头摆在店中；一两位壮强的男子，拿了木锤，只在对着砧上的一大块猪肉，一下一下地死劲地敲。把猪肉这样地乱敲乱打，究竟算什么回事？我每次看见，总觉得奇怪；后来向福州的朋友一打听，才知道这就是制肉燕的原料了。所谓肉燕者，将是将猪肉打得粉烂，和入面粉，然后再制成皮子，如包馄饨的外皮一样，用以来包制菜蔬的东西。听说这物事在福建，也只是福州独有的特产。

福州食品的味道，大抵重糖；有几家真正福州馆子里烧出来的鸡鸭四件，简直是同蜜饯的罐头一样，不杂入一粒盐花。因此福州人的牙齿，十人九坏。有一次去看三赛乐的闽剧，看见台上演戏的人，个个都是满口金黄；回头更向左右的观众一看，妇女子的嘴里也大半镶着全副的金色牙齿。于是天黄黄，地黄黄，弄得我这一向就痛恨金牙齿的偏执狂者，几乎想放声大哭，以为福州人故意在和我捣乱。

将这些脱嫌糖重的食味除起，若论到酒，则福州的那一种土黄酒，也还勉强可以喝得。周亮工所记的玉带春、梨花白、蓝家酒、碧霞酒、莲须白、河清、双夹、西施红、状元红等，我都不曾喝过，所以不敢品评。只有会城各处在卖的鸡老（酪）酒，颜色却和绍酒一样地红似琥珀，味道略苦，喝多了觉得头痛。听说这是以一生鸡，悬之酒中，等鸡肉鸡骨都化了后，然后开坛饮用的酒，自然也是越陈越好。

福州酒店外面，都写酒库两字，发卖叫发扛，也是新奇得很的名称。以红糟酿的甜酒，味道有点像上海的甜白酒，不过颜色桃红，当是西施红等名目出处的由来。莆田的荔枝酒，颜色深红带黑，味甘甜如西班牙的宝德红葡萄，虽则名贵，但我却终不喜欢。福州一般宴客，喝的总还是绍兴花雕，价钱极贵，斤量又不足，而酒味也淡似沪杭各地，我觉得建庄终究不及京庄。

福州的水果花木，终年不断；橙柑、福橘、佛手、荔枝、龙眼、甘蔗、香蕉，以及茉莉、兰花、橄榄等等，都是全国闻名的品物；好事者且各有谱牒之著，我在这里，自然可以不说。

闽茶半出武夷，就是不是武夷之产，也往往借这名山为号召。铁罗汉、铁观音的两种，为茶中柳下惠，非红非绿，略带赭色：酒醉之后，喝它三杯两盏，头脑倒真能清醒一下。其他若龙团玉乳，大约名目总也不少，我不恋茶娇，终是俗客，深恐品评失当，贻笑大方，在这里只好轻轻放过。

从《闽小记》中的记载看来，番薯似乎还是福建人开始从南洋运来的代食品；其后因种植的便利，食味的甘美，就流传到内地去了；这植物传播到中国来的时代，只在三百年前，是明末清初的时候，因亮工所记如此，不晓得究竟是否确实。不过福建的米麦，向来就说不足，现在也须仰给于外省，但田稻倒又可以一年两植。而福州正式的酒席，大抵总不吃饭散场，因为菜太丰盛了，吃到后来，总已个个饱满，用不着再以饭颗来充腹之故。

饮食处的有名处所，城内为树春园、南轩、河上酒家、可然亭等。味和小吃，亦佳且廉；仓前的鸭面，南门兜的素菜与牛肉馆，鼓楼西的水饺子铺，都是各有长处的小吃处；久吃了自然不对，偶尔去一试，倒也别有风味。城外在南台的西菜馆，有嘉宾、西宴台、法大、西来，以及前临闽江，内设戏台的广聚楼等。洪山桥畔的义心楼，以吃形同比目鱼的贴沙鱼著名；仓前山的快乐林，以吃小盘西洋菜见称，这些当然又是菜馆中的别调。至如我所寄寓的青年会食堂，地方清洁宽广，中西菜也可以吃吃，只是不同耶稣的飨宴十二门徒一样，不许顾客醉饮葡萄酒浆，所以正式请客，大感不便。

…………

总之，福州的饮食男女，虽比别处稍觉得奢侈，而福州的社会状态，比别处也并不见得十分地堕落。说到两性的纵弛，人欲的横流，则与风土气候有关，次热带的境内，自然要比温带寒带为剧烈。而食品的丰富，女子一般姣美与健康，却是我们不曾到过福建的人所意想不到的发现。

鲍鱼 广东·大菜

梁实秋

鲍鱼的原意是臭腌鱼。《史记·秦始皇本纪》:"会暑,上辒车臭,乃诏从官令车载一石鲍鱼,以乱其臭。"就是以鲍鱼掩盖尸臭的意思。我现在所要谈的不是这个鲍鱼。

鲍鱼是石决明的俗称,亦称为鳆鱼。鳆实非鱼,乃有介壳之软体动物,常吸着于海水中的礁石之上,赖食藻类为生。壳之外缘有呼吸孔若干列成一排。我们此地所谓"九孔"就是鲍鱼一类。

从前人所谓"如入鲍鱼之肆",形容其臭不可闻,今则提起鲍鱼无不赏其味美。新鲜的九孔,海鲜店到处有售,其味之鲜美在蚌类之中独树一帜。但是比起晒干了的广东之紫鲍,以及装了罐头的熟鲍鱼,尚不能同日而语。新鲜鲍鱼嫩而香,制炼过的鲍鱼味较厚而醇。

广东烹调一向以红烧鱼翅及红烧鲍脯为号召,确有其独到之处。紫鲍块头很大，厚而结实，拿在手里沉甸甸的。烹制之后，虽然仍有韧性，但滋味非凡，比吃熊掌要好得多。我认识一位广东侨生，带有一些紫鲍，他患癌不治，临终以其所藏剩余之鲍鱼见贻，我睹物伤逝，不忍食之，弃置冰箱经年，终于清理旧物，不得已而试烹制之。也许是发得不好，也许是火候不对，结果是勉强下咽，糟蹋了东西。可见烹饪一道非力巴所能为。

罐头的鲍鱼，以我所知有日本的和墨西哥的两种，各有千秋。日本的鲍鱼个子小些，颜色淡些，一罐可能有三五个还不止，质地较为细嫩。墨西哥的罐头在美国畅销，品质不齐，有人在标签上可以看出货色的高低，想来是有人粗制滥造冒用名牌。

罐头鲍鱼是熟的，切成薄片是一道上好的冷荤，若是配上罐头龙须菜，便是绝妙的一道双拼。有人好喜欢吃鲍鱼，能迫不及待地打开罐头就用叉子取出一块举着啃，像吃玉米棒子似的一口一口地啃！

鲍鱼切成细丝，加芫荽菜梗，入锅爆炒，是下酒的一道好菜。

鲍鱼切成丁，比骰子稍大一点的丁，加虾子烩成羹，下酒送饭兼宜。

但是我吃鲍鱼最得意的是一碗鲍鱼面。有一年冬天我游沈阳，下榻友人家。我有凌晨即起的习惯，见其厨司老王伏枕呻吟不胜其苦，问其故，知是胃痛，我乃投以随身携带的苏打片，痛立止。老王感激涕零，无以为报，立刻翻身而起，给我煮了一大碗面作早点，仓促间找不到做面的浇头，在主人柜橱里摸索出一罐主人舍不得吃的鲍鱼，不由分说打开罐头把一整罐鲍鱼切成细丝，连原汁一起倒进锅里，煮出上尖的一大碗鲍鱼面。这是我一生没有过的豪举，用两片苏打换来一罐鲍鱼煮一碗面！主人起来，只闻到异香满室，后来廉得其情，也只好徒呼负负。

川菜 [1]　四川·大菜

汪曾祺

　　昆明护国路和文明新街有几家四川人开的小饭馆，卖"豆花素饭"和毛肚火锅。卖毛肚的饭馆早起开门后即在门口竖出一块牌子，上写"毛肚开堂"，或简单地写两个字："开堂"。晚上封了火，又竖出一块牌子，只写一个字："毕"，简练之至！这大概是从四川带过来的规矩。后来我几次到四川，都不见饭馆门口这样的牌子，此风想已消失。也许乡坝头还能看到。

　　上海有一家相当大的饭馆，叫作"绿杨邨"，以"川菜扬点"为号召。四川菜、扬州包点，确有特色。不过"绿杨邨"的川味已经淡化了。那样强烈的"正宗川味"上海人是吃不

1　节选自《四川杂忆》。

消的。

　　1948年我在北京沙滩北京大学宿舍里寄住了半年，常去吃一家四川小馆子，就是李一氓同志在《川菜在北京的发展》一文中提到的蒲伯英回川以后留下的他家里的厨师所开的，许倩云和陈书舫都去吃过的那一家。这家馆子实在很小，只有三四张小方桌，但是菜味很纯正。李一氓同志以为有的菜比成都的还要做得好。我其时还没有去过成都，无从比较。我们去时点的菜只是回锅肉、鱼香肉丝之类的大路菜。这家的泡菜很好吃。

　　川菜尚辣。我60年代住在成都一家招待所里，巷口有一个饭摊。一大桶热腾腾的白米饭，长案上有七八样用海椒拌得通红的辣咸菜。一个进城卖柴的汉子坐下来，要了两碟咸菜，几筷子就扒进了三碗"帽儿头"。我们剧团到重庆体验生活，天天吃辣，辣得大家骇怕了，有几个年轻的女演员去吃汤圆，进门就大声说："不要辣椒！"幺师傅冷冷地说："汤圆没有放辣椒的！"川味辣，且麻。重庆卖面的小馆子的白粉墙上大都用黑漆写三个大字："麻、辣、烫"。川花椒，即名为"大红袍"者确实很香，非山西、河北花椒所可及。吴祖光曾请黄永玉夫妇吃毛肚火锅。永玉的夫人张梅溪吃了一筷，问："这个东西吃下去会不会死的哟？"川菜麻辣之最者大概要数水煮牛肉。川剧名旦李文杰曾请我们在政协所办的餐厅吃饭，水煮牛肉上来，我吃了一大口，把我噎得透不过气来。

四川人很会做牛肉。赵循伯曾对我说："有一盘干煸牛肉丝，我能吃三碗饭！"灯影牛肉是一绝。为什么叫"灯影牛肉"？有人说是肉片薄而透明，隔着牛肉薄片，可以照见灯影。我觉得"灯影"即皮影戏的人形，言其轻薄如皮影人也。《东京梦华录》有"影戏犯"就是这样的东西。宋人所说的"犯"，都是干的或半干的肉的薄片。此说如可成立，则灯影牛肉已经有好几百年的历史了。

　　成都小吃谁都知道，不说了。"小吃"者不能当饭，如四川人所说，是"吃着玩的"。有几个北方籍的剧人去吃红油水饺，每人要了十碗，幺师傅听了，鼓起眼睛。

汽锅鸡 [1]　云南·大菜

汪曾祺

　　中国人很会吃鸡。广东的盐焗鸡，四川的怪味鸡，常熟的叫花鸡，山东的炸八块，湖南的东安鸡，德州的扒鸡……如果全国各种做法的鸡来一次大奖赛，哪一种鸡该拿金牌？我以为应该是昆明的汽锅鸡。

　　是什么人想出了这种非常独特的吃法？估计起来，先得有汽锅，然后才有汽锅鸡。汽锅以建水所制者最佳。现在全国出陶器的地方都能造汽锅，如江苏的宜兴。但我觉得用别处出的汽锅蒸出来的鸡，都不如用建水汽锅做出的有味。这也许是我的偏见。汽锅既出在建水，那么，昆明的汽锅鸡也可能是从建水传来的吧？

1　节选自《昆明菜》。

原来在正义路近金碧路的路西有一家专卖汽锅鸡。这家不知有没有店号，进门处挂了一块匾，上书四个大字："培养正气"。因此大家就径称这家饭馆为"培养正气"。过去昆明人一说："今天我们培养一下正气"，听话的人就明白是去吃汽锅鸡。"培养正气"的鸡特别鲜嫩，而且屡试不爽。没有哪一次去吃了，会说"今天的鸡差点事！"所以能永远保持质量，据说他家用的鸡都是武定肥鸡。鸡瘦则肉柴，肥则无味。独武定鸡极肥而有味。揭盖之后：汤清如水，而鸡香扑鼻。

听说"培养正气"已经没有了。昆明饭馆里卖的汽锅鸡已经不是当年的味道，因为用的不是武定鸡，什么鸡都有。

恢复"培养正气"，重新选用武定鸡，该不是难事吧？

昆明的白斩鸡也极好。玉溪街卖馄饨的摊子的铜锅上搁一个细铁条篦子，上面都放两三只肥白的熟鸡。随要，即可切一小盘。昆明人管白斩鸡叫"凉鸡"。我们常常去吃，喝一点酒，因为是坐在一张长板凳上吃的，有一个同学为这种做法起了一个名目，叫"坐失（食）良（凉）机（鸡）"。玉溪街卖的鸡据说是玉溪鸡。

华山南路与武成路交界处从前有一家馆子叫"映时春"，做油淋鸡极佳。大块鸡生炸，十二寸的大盘，高高地堆了一盘。蘸花椒盐吃。二十几岁的小伙子，七八个人，人得三五块，顷刻瓷盘见底矣。如此吃鸡，平生一快。

昆明旧有卖爆鸡杂的，挎腰圆食盒，串街唤卖。鸡肫鸡肝皆用篾条穿成一串，如北京的糖葫芦。鸡肠子盘紧如素鸡，买时旋切片。耐嚼，极有味，而价甚廉，为佐茶下酒妙品。估计昆明这样的小吃已经没有了。曾与老昆明谈起，全似孟元老《东京梦华录》中所记了也。

昆明食菌 云南·大菜

汪曾祺

　　我在昆明住过七年，离开已四十多年，忘不了昆明的菌子。

　　雨季一到，诸菌皆出，空气里到处是菌子气味。无论贫富，都能吃到菌子。

　　常见的是牛肝菌、青头菌。牛肝菌菌盖正面色如牛肝。其特点是背面无菌褶，是平的，只有无数小孔，因此菌肉很厚，可切成薄片，宜于炒食。入口滑细，极鲜。炒牛肝菌要加大量蒜片，否则吃了会头晕。菌香、蒜香扑鼻，直入脏腑，逗人食欲。牛肝菌价极廉。西南联大的大食堂的饭桌上都能有一盘。青头菌稍贵一点。青头菌菌盖正面微带苍绿色，菌褶雪白。炒或烩，宜放盐，用酱油颜色就不好看了。一般都认为青头菌格韵较高，但也有人偏嗜牛肝菌，以其滋味更为强烈浓厚。

　　最名贵的是鸡枞。鸡枞之名甚奇怪。"枞"字别处少见，一般字典上查不到。为什么叫"鸡𡎚"，众说不一。有人说鸡𡎚的菌盖"开伞"后，样子像公鸡脖子上的毛——鸡鬃。没有根据。我见过未经熟制的鸡𡎚，样子并不像鸡鬃。——果系如此，何不径写作"鸡鬃"？这东西生长的地方也奇怪，生在田野间的白蚁窝上。为什么专长在白蚁窝上，这道理连专家也没有弄明白。鸡𡎚菌盖小而菌把粗长，吃的主要便是形似鸡大腿似的菌把。鸡𡎚是菌中之王。味道如何，真难比方。可以说这是植物鸡。味正似当年的肥母鸡。但鸡肉粗，有丝，而鸡𡎚则极细腻丰腴，且鸡肉无此一种特殊的菌子香气。昆明甬道街有一家不大的云南馆子，制鸡𡎚极有名。

菌子里味道最深刻（请恕我用了这样一个怪字眼），样子最难看的，是干巴菌。这东西像一个被踩破的马蜂窝，颜色如半干牛粪，乱七八糟，当中还夹杂了许多松毛（马尾松的针叶）、草茎，择起来很费事。择也择不出大片，只是螃蟹小腿肉粗细的丝丝。洗净后，与肥瘦相间的猪肉、青辣椒同炒，入口细嚼，半天说不出话来。只觉得：世界上还有这么好吃的东西？干巴菌，菌也，但有陈年宣威火腿香味、宁波糟白鱼鲞香味、苏州风鸡香味、南京鸭胗肝香味，且杂有松毛的清香气味。干巴菌晾干，与辣椒同腌，可久藏，味与鲜时无异。

样子最好看的是鸡油菌，个个正圆，银元大，嫩黄色，但据说不好吃。干巴菌和鸡油菌，一个中吃不中看，一个中看不中吃。

手把羊肉

内蒙古·大菜

汪曾祺

　　到了内蒙古，不吃几回手把羊肉，算是白去了一趟。

　　到了草原，进蒙古包做客，主人一般总要杀羊。蒙古族人是非常好客的。进了蒙古包，不论识与不识，坐下来就可以吃喝。有人骑马在草原上漫游，身上只背了一只羊腿。到了一家，主人把这只羊腿解下来。客人吃喝一晚，第二天上路时，主人给客人换一只新鲜羊腿，背着。有人就这样走遍几个盟旗，回家，依然带着一只羊腿。蒙古族人诚实，家里有什么，都端出来。客人醉饱，主人才高兴。你要是虚情假意地客气一番，他会生气的。这种风俗的形成，和长期的游牧生活有关。一家子住在大草原上，天苍苍，野茫茫，多见牛羊少见人，他们很盼望来一位远方的客人谈谈说说。一坐下来，先是喝奶茶，吃奶食。奶茶以砖茶熬成，加奶，加盐。这种略带咸味的奶茶香港人大概是喝不惯的，但为蒙古族人所不可或缺。奶食有奶皮子、奶豆腐、奶渣子。这时候，外面已经有人动手杀羊了。

蒙古族人杀羊极利索。不用什么利刃，就是一把普通的折刀就行了。一会儿的工夫，一只整羊剔剥出来了，羊皮晾在草地上，羊肉已经进了锅。杀了羊，草地上连一滴血都不沾。羊血和内脏喂狗。蒙古狗极高大凶猛，样子怕人，跑起来后爪搭至前爪之前，能追吉普车！

手把羊肉就是白煮的带骨头的大块羊肉。一手攥着，一手用蒙古刀切割着吃。没有什么调料，只有一碗盐水，可以蘸蘸。这样的吃法，要有一点技巧。蒙古族人能把一块肉搜剔得非常干净，吃完，只剩下一块雪白的骨头，连一丝肉都留不下。咱们吃了，总要留下一些筋头巴脑。蒙古族人一看就知道：这不是一个牧民。

吃完手把肉，有时也用羊肉汤煮一点挂面。蒙古族人不大吃粮食，他们早午喝奶茶时吃一把炒米，——黄米炒熟了，晚饭有时吃挂面。蒙古族人买挂面不是论斤，而是一车一车地买。蒙古族人搬家，——转移牧场，总有几辆勒勒车——牛车。牛车上有的装的是毛毯被褥，有一车装的是整车的挂面。蒙古族人有时也吃烙饼，牛奶和的，放一点发酵粉，极香软。

我们在达茂旗吃了一次"羊贝子"，羊贝子即全羊。这是招待贵客才设的。整只的羊，在水里煮四十五分钟就上来了。吃羊贝子有一套规矩。全羊趴在一个大盘子里，羊蹄剁掉了，羊头切下来放在羊的颈部，先得由最尊贵的客人，用刀子切下两条一定部位的肉，斜十字搭在羊的脊背上，然后，羊头撤去，其他客人才能拿起刀来各选自己爱吃的部位片切了吃。我们同去的人中有的对羊贝子不敢领教。因为整只的羊才煮四十五分钟，有的地方一刀切下去，会沁出血来。本人则是"照吃不误"。好吃吗？好吃极了！鲜嫩无比，人间至味。蒙古族人认为羊肉煮老了不好吃！也不好消化；带一点生，没有关系。

我在新疆吃过哈萨克族的手把肉，肉块切得较小，和面条同煮，吃时用右手抓了羊肉和面条同时入口，风味与内蒙古的不同。

南北

风

味

酸梅汤与糖葫芦

北京·小吃

梁实秋

夏天喝酸梅汤，冬天吃糖葫芦，在北平是不分阶级人人都能享受的事。不过东西也有精粗之别。琉璃厂信远斋的酸梅汤与糖葫芦，特别考究，与其他各处或街头小贩所供应者大有不同。

徐凌霄《旧都百话》关于酸梅汤有这样的记载：

> 暑天之冰，以冰梅汤为最流行，大街小巷，干鲜果铺的门口，都可以看见"冰镇梅汤"四字的木檐横额。有的黄底黑字，甚为工致，迎风招展，好似酒家的帘子一样，使过往的热人，望梅止渴，富于吸引力。昔年京朝大佬，贵客雅流，有闲工夫，常常要到琉璃厂逛逛书铺，品品古董，考考版本，消磨长昼。天热口干，辄以信远斋梅汤为解渴之需。

信远斋铺面很小，只有两间小小门面，临街是旧式玻璃门窗，拂拭得一尘不染，门楣上一块黑漆金字匾额，铺内清洁简单，道地北平式的装修。进门右手方有黑漆大木桶一，里面有一大白瓷罐，罐外周围全是碎冰，罐里是酸梅汤，所以名为冰镇，北平的冰是从什刹海或护城河挖取藏在窖内的，冰块里可以看见草皮木屑，泥沙秽物更不能免，是不能放在饮料里喝的。什刹海会贤堂的名件"冰碗"，莲蓬桃仁杏仁菱角藕都放在冰块上，食客不嫌其脏，真是不可思议。有人甚至把冰块放在酸梅汤里！信远斋的冰镇就高明多了。因为桶大罐小冰多，喝起来凉沁脾胃。他的酸梅汤的成功秘诀，是冰糖多、梅汁稠、水少，所以味浓而釅。上口冰凉，甜酸适度，含在嘴里如品纯醪，舍不得下咽。很少人能站在那里喝那一小碗而不再喝一碗的。抗战胜利还乡，我带孩子们到信远斋，我准许他们能喝多少碗都可以。他们连尽七碗方始罢休。我每次去喝，不是为解渴，是为解馋。我不知道为什么没有人动脑筋把信远斋的酸梅汤制为罐头行销各地，而一任"可口可乐"到处猖狂。

信远斋也卖酸梅卤、酸梅糕。卤冲水可以制酸梅汤，但是无论如何不能像站在那木桶旁边细啜那样有味。我自己在家也曾试做，在药铺买了乌梅，在干果铺买了大块冰糖，不惜工本，仍难如愿。信远斋掌柜姓萧，一团和气，我曾问他何以仿制不成，他回答得很妙："请您过来喝，别自己费事了。"

信远斋也卖蜜饯、冰糖子儿、糖葫芦。以糖葫芦为最出色。北平糖葫芦分三种。一种用麦芽糖，北平话是糖稀，可以做大串山里红的糖葫芦，可以长达五尺多，这种大糖葫芦，新年厂甸卖得最多。麦芽糖裹水杏儿（没长大的绿杏），很好吃，做糖葫芦就不见佳，尤其是山里红常是烂的或是带虫子屎。另一种用白糖和了粘上去，冷了之后白汪汪的一层霜，另有风味。正宗是冰糖葫芦，薄薄一层糖，透明雪亮。材料种类甚多，诸如海棠、山药、山药豆、杏干、葡萄、橘子、荸荠、核桃，但是以山里红为正宗。山里红，即山楂，北地盛产，味酸，裹糖则极可口。一般的糖葫芦皆用半尺来长的竹签，街头小贩所售，多染尘沙，而且品质粗劣。东安市场所售较为高级。但仍以信远斋所制为最精，不用竹签，每一颗山里红或海棠均单个独立，所用之果皆硕大无疵，而且干净，放在垫了油纸的纸盒中由客携去。

离开北平就没吃过糖葫芦，实在想念。近有客自北平来，说起糖葫芦，据称在北平这种不属于任何一个阶级的食物几已绝迹。他说我们在台湾自己家里也未尝不可试做，台湾虽无山里红，其他水果种类不少，蘸了冰糖汁，放在一块涂了油的玻璃板上，送入冰箱冷冻，岂不即可等着大嚼？他说他制成之后将邀我共尝，但是迄今尚无下文，不知结果如何。

豆汁儿

北京·小吃

梁实秋

豆汁下面一定要加一个儿字，就好像说鸡蛋的时候鸡子下面一定要加一个儿字，若没有这个轻读的语尾，听者就会不明白你的语意而生误解。

胡金铨先生在谈老舍的一本书上，一开头就说：不能喝豆汁儿的人算不得是真正的北平人。这话一点儿也不错。就是在北平，喝豆汁儿的人也是以北平城里的人为限，城外乡间没有人喝豆汁儿，制作豆汁儿的原料是用以喂猪的。但是这种原料，加水熬煮，却成了城里人个个欢喜的食物。而且这与阶级无关。卖力气的苦哈哈，一脸渍泥儿，坐小板凳儿，围着豆汁儿挑子，啃豆腐丝儿卷大饼，喝豆汁儿，就咸菜儿，固然是自得其乐。府门头儿的姑娘、哥儿们，不便在街头巷尾公开露面和穷苦的平民混在一起喝豆汁儿，也会派底下人或是老妈子拿砂锅去买回家里重新加热大喝特喝，而且不会忘记带回一碟那

055

挑子上特备的辣咸菜。家里尽管有上好的酱菜，不管用，非那个廉价的大腌萝卜丝拌的咸菜不够味。口有同嗜，不分贫富老少男女。我不知道为什么北平人养成这种特殊的口味。南方人到了北平，不可能喝豆汁儿的，就是河北各县也没有人能容忍这个异味而不龇牙咧嘴。豆汁儿之妙，一在酸，酸中带馊腐的怪味。二在烫，只能吸溜吸溜地喝，不能大口猛灌。三在咸菜的辣，辣得舌尖发麻。越辣越喝，越喝越烫，最后是满头大汗。我小时候在夏天喝豆汁儿，是先脱光脊梁，然后才喝，等到汗落再穿上衣服。

自从离开北平，想念豆汁儿不能自已。有一年我路过济南，在车站附近一个小饭铺墙上贴着条子说有"豆汁"发售。叫了一碗来吃，原来是豆浆。是我自己疏忽，写明的是"豆汁"，不是"豆汁儿"。来到台湾，有朋友说有一家饭馆儿卖豆汁儿，乃偕往一尝。乌糟糟的两碗端上来，倒是有一股酸馊之味触鼻，可是稠糊糊的像麦片粥，到嘴里很难下咽。可见在什么地方吃什么东西，勉强不得。

北平的零食小贩 北京·小吃

梁实秋

北平人馋。馋，据字典说是"贪食也"，其实不只是贪食，是贪食各种美味之食。美味当前，固然馋涎欲滴，即使闲来无事，馋虫亦在咽喉中抓挠，迫切地需要一点什么以膏馋吻。三餐时固然希望膏粱罗列，任我下箸，三餐以外的时间也一样地想馋嚼，以锻炼其咀嚼筋。看鹭鸶的长颈都有一点羡慕，因为颈长可能享受更多的徐徐下咽之感，此之谓馋。"馋"字在外国语中无适当的字可以代替，所以讲到馋，真"不足为外人道"。有人说北平人之所以特别馋，是由于当年的八旗子弟游手好闲的太多，闲就要生事，在吃上打主意自然也是可以理解的。所以各式各样的零食小贩便应运而生，自晨至夜逡巡于大街小巷之中。

北平小贩的吆喝声是很特殊的。我不知道这与平剧有无关系，其抑扬顿挫，变化颇多，有的豪放如唱大花脸，有的沉闷如黑头，又有的清脆如生旦，在白昼给浩浩欲沸的市声平添不少情趣，在夜晚又给寂静的夜带来一些凄凉。细听小贩的呼声，则有直譬，有隐喻，有时竟像谜语一般地耐人寻味，而且他们的吆喝声，数十年如一日，不曾有过改变。我如今闭目沉思，北平零食小贩的呼声俨然在耳，一个个地如在目前。现在让我就记忆所及，细细数说。

首先让我提起"豆汁儿"。绿豆渣发酵后煮成稀汤，是为豆汁儿，淡草绿色而又微黄，味酸而又带一点霉味，稠稠的，浑浑的，热热的。佐以辣咸菜，即"棺材板"切细丝，加芹菜梗、辣椒丝或末。有时亦备较高级之酱菜，如酱萝卜、酱黄瓜之类，但反不如辣咸菜之可口。午后啜三两碗，愈吃愈辣，愈辣愈喝，愈喝愈热，终至大汗淋漓，舌尖麻木而止。北平城里人没有不嗜豆汁儿者，但一出城则豆渣只有喂猪的份，乡下人没有喝豆汁儿的。外省人居住北平三二十年往往不能养成喝豆汁儿的习惯。能喝豆汁儿的人才算是真正的北平人。

其次是"灌肠"。后门桥头那一家的大灌肠，是真的猪肠做的，遐迩驰名，但嫌油腻。小贩的灌肠虽有肠之名，实则并非肠，仅具肠形，一条条的以荬粉为主所做成的橛子，切成不规则形的小片，放在平底大油锅上煎炸，炸得焦焦的，蘸蒜盐汁吃。据说那油不是普通油，是从作坊里从马肉等熬出来的油，所以有这一种怪味。单闻那种油味，能把人恶心死，但炸出来的灌肠，喷香！

从下午起有沿街叫卖"面筋哟"者，你喊他时须喊："卖熏鱼儿的！"他来到你的门口打开他的背盒由你拣选时却主要的是猪头肉。除猪头肉的脸子、双皮、口条之外，还有脑子、肝、肠、苦肠、心头、蹄筋等等，外带着别有风味的干硬的火烧。刀口上手艺非凡，从夹板缝里抽出一把飞薄的刀，横着削切，把猪头肉切得其薄如纸，塞在那火烧里食之，熏味扑鼻！这种卤味好像不能登大雅之堂，但是在煨煮熏制中有特殊的风味，离开北平便尝不到。

薄暮后有叫卖羊头肉者，刀板器皿刷洗得一尘不染，切羊脸子是他的拿手，切得真薄，从一只牛角里撒出一些特制的胡盐。北平的羊好，有浓厚的羊味，可又没有浓厚到膻的地步。

也有推着车子卖"烧羊脖子烧羊肉"的。烧羊肉是经过煮和炸两道手续的，除肉之外还有肚子和卤汤。在夏天佐以黄瓜、大蒜，是最好的下面之物。推车卖的不及街上羊肉铺所发售的，但慰情聊胜于无。

北平的"豆腐脑"异于川湘的豆花，是哆里哆嗦的软嫩豆腐，上面浇一勺卤，再加蒜泥。

"老豆腐"另是一种东西，是把豆腐煮出了蜂窠，加芝麻酱、韭菜末、辣椒等佐料，热乎乎的连吃带喝亦颇有味。

北平人做"烫面饺"不算一回事，真是举重若轻、叱咤立办。你喊三十饺子，不大的工夫就给你端上来了，一个个包得细长齐整、又俊又俏。

斜尖的炸豆腐，在花椒盐水里煮得泡泡的，有时再羼进几个粉丝做的炸丸子，放进一点辣椒酱，也算是一味很普通的零食。

馄饨何处无之？北平挑担卖馄饨的却有他的特点。馄饨本身没有什么异样，由筷子头拨一点肉馅，往三角皮子上一抹就是一个馄饨。特殊的是那一锅肉骨头熬的汤别有滋味，谁家里也不会把那么多的烂骨头煮那么久。

一清早卖点心的很多，最普通的是烧饼、油鬼。北平的烧饼主要的有四种：芝麻酱烧饼、螺丝转儿、马蹄儿、驴蹄儿，各有千秋。芝麻酱烧饼，外省仿造者都不像样，不是太薄就是太厚，不是太大就是太小，总是不够标准。螺丝转儿最好是和"甜浆粥"一起用，要夹小圆圈油鬼。马蹄儿只有薄薄的两层皮，宜加圆泡的甜油鬼。驴蹄儿又小又厚，不要油鬼做伴。北平油鬼，不叫油条，因为根本不做长条状，主要的只有两种，四个圆泡联在一起的是甜油鬼，小圆圈的油鬼是咸的，炸得特焦，夹在烧饼里，一按咔嚓一声。离开北平的人没有不想念那种油鬼的。外省的油条，虚泡囊肿，不够味，要求炸焦一点也不行。

"面茶"在别处没见过。真正的一锅糨糊，炒面熬的，盛在碗里之后，在上面用筷子蘸着芝麻酱撒满一层，唯恐撒得太多似的。味道好吗？至少是很怪。

卖"三角馒头"的永远是山东老乡。打开蒸笼布，热腾腾的各样蒸食，如糖三角、混糖馒头、豆沙包、蒸饼、红枣蒸饼、高庄馒头，听你拣选。

"杏仁茶"是北平的好，因为杏仁出在北方，提味的是那少数几颗苦杏仁。

豆类做出的吃食可多了，首先要提"豌豆糕"。小孩子一听打糖锣的声音很少不怦然心动的。卖豌豆糕的人有一把手艺，他会把一块豌豆泥捏成为各式各样的东西，他可以听你的吩咐捏一把茶壶，壶盖、壶把、壶嘴俱全，中间灌上黑糖水，还可以一杯一杯地往外倒。规模大一点的是荷花盆，真有花有叶，盆里灌黑糖水。最简单的是用模型翻制小饼，用芝麻做馅。后来还有"仿膳"的伙计出来做这一行生意，善用豌豆泥制各式各样的点心，大八件、小八件，什么卷酥喇嘛糕、枣泥饼花糕，五颜六色，应有尽有，惟妙惟肖。

"豌豆黄"之下街卖者是粗的一种，制时未去皮，加红枣，切成三尖形矗立在案板上。实际上比铺子卖的较细的放在纸盒里的那种要有味得多。

"热芸豆"有红白二种，普通的吃法是用一块布挤成一个豆饼，可甜可咸。

"烂蚕豆"是俟蚕豆发芽后加五香、大料煮成的，烂到一挤即出。

"铁蚕豆"是把蚕豆炒熟，其干硬似铁。牙齿不牢者不敢轻试，但亦有酥皮者，较易嚼。

夏季雨后，照例有小孩提着竹篮，赤足蹚水而高呼"干香豌豆"，咸滋滋的也很好吃。

"豆腐丝"，粗糙如豆腐渣，但有人拌葱卷饼而食之。

"豆渣糕"是芸豆泥做的，作圆球形，蒸食，售者以竹筷插之，一插即是两颗，加糖及黑糖水食之。

"甑儿糕"是米面填木碗中蒸之，嗞嗞作响，顷刻而熟。

"浆米藕"是老藕孔中填糯米，煮熟切片加糖而食之。挑子周围经常环绕着馋涎欲滴的小孩子。

北平的"酪"是一项特产，用牛奶凝冻而成，夏日用冰镇，凉香可口，讲究一点的酪在酪铺发售，沿街贩卖者亦不恶。

"白薯"（即南人所谓"红薯"），有三种吃法，初秋街上喊"栗子味儿的"者是干煮白薯，细细小小的，一根根地放在车上卖。稍后喊"锅底儿热和"者为带汁的煮白薯，块头较大，亦较甜。此外是烤白薯。

"老玉米"（即玉蜀黍）初上市时，也有煮熟了在街上卖的。对于城市中人，这也是一种新鲜滋味。

沿街卖的"粽子"，包得又小又俏，有加枣的，有不加枣的，摆在盘子里齐整可爱。

北平没有汤圆，只有"元宵"，到了元宵季节，街上有叫卖煮元宵的。袁世凯称帝时，曾一度禁称元宵，因与"袁消"二字音同，改称汤圆，可嗤也。

糯米团子加豆沙馅，名曰"爱窝"或"爱窝窝"。

黄米面做的"切糕"，有加红豆的，有加红枣的，卖时切成斜块，插以竹签。

菱角是小的好，所以北平小贩卖的是小菱角，有生有熟，用剪去刺，当中剪开。很少卖大的红菱者。

"老鸡头"即芡实。生者为刺囊状，内含芡实数十颗，熟者则为圆硬粒，须敲碎食其核仁。

供儿童以糖果的，从前是"打糖锣"的，后又有卖"梨糕"的，此外如"吹糖人"的、卖"糖杂面"的，都经常徘徊于街头巷尾。

"扒糕""凉粉"都是夏季平民食物，又酸又辣。

"驴肉"，听起来怪骇人的，其实切成大片瘦肉，也很好吃。是否有骆驼肉、马肉混在其中，我不敢说。

担着大铜茶壶满街跑的是卖"茶汤"的，用开水一冲，即可调成一碗茶汤，和铺子里的八宝茶汤或牛髓茶固不能比，但亦颇有味。

"油炸花生仁"是用马油炸的，特别酥脆。

北平"酸梅汤"之所以特别好，是因为使用冰糖，并加玫瑰、木樨、桂花之类。信远斋的最合标准，沿街叫卖的便徒有其名了，而且加上天然冰亦颇有碍卫生。卖酸梅汤的普通兼带"玻璃粉"及小瓶用玻璃球做盖的汽水。"果子干"也是重要的一项副业，用杏干、柿饼、鲜藕煮成。"玫瑰枣"也很好吃。

冬天卖"糖葫芦"，裹麦芽糖或糖稀的不太好，蘸冰糖的才好吃。各种原料皆可制糖葫芦，唯以"山里红"为正宗。其他如海棠、山药、山药豆、杏干、核桃、荸荠、橘子、葡萄、金橘等均佳。

北地苦寒，冬夜特别寂静，令人难忘的是那卖"水萝卜"的声音，"萝卜——赛梨——辣了换！"那红绿萝卜，多汁而甘脆，切得又好，对于北方煨在火炉旁边的人特别有沁人脾胃之效。这等萝卜，别处没有。

有一种内空而瘪小的花生，大概是拣选出来的不够标准的花生，炒焦了以后，其味特香，远在白胖的花生之上，名曰"抓空儿"，亦冬夜的一种点缀。

夜深时往往听到沉闷而迟缓的"硬面饽饽"声，有光头、凸盖、镯子等，亦可充饥。

水果类则四季不绝地应世，诸如：三白的大西瓜、蛤蟆酥、羊角蜜、老头儿乐、鸭儿梨、小白梨、肖梨、糖梨、烂酸梨、沙果、苹果、虎拉车、杏、桃、李、山里红、柿子、黑枣、嘎嘎枣、老虎眼大酸枣、荸荠、海棠、葡萄、莲蓬、藕、樱桃、桑葚、槟子……不可胜举，都在沿门求售。

以上约略举说，只就记忆所及，挂漏必多。而且数十年来，北平也正在变动，有些小贩由式微而没落，也有些新的应运而生，比我长一辈的人所见所闻可能比我要丰富些，比我年轻的人可能遇到一些较新鲜而失去北平特色的事物。总而言之，北平是在向新颖而庸俗方面变，在零食小贩上即可窥见一斑。如今呢，这些小贩，还能保存一二与否，恐怕在不可知之数了。但愿我的回忆不是永远地成为回忆！

吃莲花的 山东·小吃

老舍

今年我种了两盆白莲。盆是由北平搜寻来的，里外包着绿苔，至少有五六十岁。泥是由黄河拉来的。水用趵突泉的。只是藕差点事，吃剩下来的菜藕。好盆好泥好水敢情有妙用，菜藕也不好意思了，长吧，开花吧，不然太对不起人！居然，拔了梗，放了叶，而且开了花。一盆里七八朵，白的！只有两朵，瓣尖上有点红，我细细地用檀香粉给涂了涂，于是全白。作诗吧，除了作诗还有什么办法？专说"亭亭玉立"这四个字就被我用了七十五次，请想我作了多少首诗吧！

这且不提。好几天了，天天门口卖菜的带着几把儿白莲。最初，我心里很难过。好好的莲花和茄子冬瓜放在一块，真！继而一想，若有所悟。啊，济南名士多，不能自己"种"莲，还不"买"些用古瓶清水养起来，放在书斋？是的，一定是这样。

这且不提。友人约游大明湖，"去买点莲花来！"他说。"何必去买，我的两盆还不可观？"我有点不痛快，心里说："我自种的难道比不上湖里的？真！"况且，天这么热，游湖更受罪，不如在家里，煮点毛豆角，喝点莲花白，作两首诗，以自种白莲为题，岂不雅妙？友人看着那两盆花，点了点头。我心里不用提多么痛快了；友人也很雅哟！除了作新诗向来不肯用这"哟"，可是此刻非用不可了！我忙着吩咐家中煮毛豆角，看看能买到鲜核桃不。然后到书房去找我的诗稿。友人静立花前欣赏着哟！

这且不提。及至我从书房回来一看，盆中的花全在友人手里握着呢，只剩下两朵快要开败的还在原地未动。我似乎忽然中了暑，天旋地转，说不出话。友人可是很高兴。他说："这几朵也对付了，不必到湖中买去了。其实门口卖菜的也有，不过没有湖上的新鲜便宜。你这些不很嫩了，还能对付。"他一边说着，一边奔了厨房。"老田，"他叫着我的总管事兼厨子，"把这用好香油炸炸。外边的老瓣不要，炸里边那嫩的。"老田是我由北平请来的，和我一样不懂济南的典故，他以为香油炸莲瓣是什么偏方呢。"这治什么病，烫伤？"他问。友人笑了。"治烫伤？吃！美极了！没看见菜挑子上一把一把儿地卖吗？"

这且不提。还提什么呢，诗稿全烧了，所以不能附录在这里。

炒米和焦屑 [1]

江苏·小吃

汪曾祺

　　小时读《板桥家书》："天寒岁暮，穷亲戚朋友到门，先泡一大碗炒米送手中，佐以酱姜一小碟，最是××××（此四字失记，待查）之具"，觉得很亲切。郑板桥是兴化人，我的家乡是高邮，风气相似。这样的感情，是外地人们不易领会的。炒米是各地都有的。但是很多地方都做成了炒米糖。这是很便宜的食品。孩子买了，咯咯地嚼着。四川有"炒米糖开水"，车站码头都有得卖，那是泡着吃的。但四川的炒米糖似也是专业的作坊做的，不像我们那里。我们那里也有炒米糖，像别处一样，切成长方形的一块一块。也有搓成圆球的，叫作"欢喜团"。那也是作坊里做的。但通常所说的炒米，是不加

1　节选自《故乡的食物》。

糖黏结的，是"散装"的；而且不是作坊里做出来，是自己家里炒的。

说是自己家里炒，其实是请了人来炒的。炒炒米也要点手艺，并不是人人都会的。入了冬，大概是过了冬至吧，有人背了一面大筛子，手执长柄的铁铲，大街小巷地走，这就是炒炒米的。有时带一个助手，多半是个半大孩子，是帮他烧火的。请到家里来，管一顿饭，给几个钱，炒一天。或二斗，或半石；像我们家人口多，一次得炒一石糯米。炒炒米都是把一年所需一次炒齐，没有零零碎碎炒的。过了这个季节，再找炒炒米的也找不着。一炒炒米，就让人觉得，快要过年了。

装炒米的坛子是固定的，这个坛子就叫"炒米坛子"，不作别的用途。舀炒米的东西也是固定的，一般人家大都是用一个香烟罐头。我的祖母用的是一个"柚子壳"。柚子，——我们那里柚子不多见，从顶上开一个洞，把里面的瓤掏出来，再塞上米糠，风干，就成了一个硬壳的钵状的东西。她用这个柚子壳用了一辈子。

我父亲有一个很怪的朋友，叫张仲陶。他很有学问，曾教我读过《项羽本纪》。他薄有田产。不治生业，整天在家研究易经，算卦。他算卦用蓍草。全城只有他一个人用蓍草算卦。据说他有几卦算得极灵。有一家，丢了一只金戒指，怀疑是女佣人偷了。这女佣人蒙了冤枉，来求张先生算一卦。张先生算了，说戒指没有丢，在你们家炒米坛盖子上。一找，果然。我小时就不大相信，算卦怎么能算得这样准，怎么能算得出在炒米坛盖子上呢？不过他的这一卦说明了一件事，即我们那里炒米坛子是几乎家家都有的。

炒米这东西实在说不上有什么好吃。家常预备，不过取其方便。用开水一泡，马上就可以吃。在没有什么东西好吃的时候，泡一碗，可代早晚茶。来了平常的客人，泡一碗，也算是点心。郑板桥说"穷亲戚朋友到门，先泡一大碗炒米送手中"，也是说其省事，比下一碗挂面还要简单。炒米是吃不饱人的。一大碗，其实没有多少东西。我们那里吃泡炒米，一般是抓上一把白糖。如板桥所说"佐以酱姜一小碟"，也有，少。我现在岁数大了，如有人请我吃泡炒米，我倒宁愿来一小碟酱生姜，——最好滴几滴香油，那倒是还有点意思的。另外还有一种吃法，用猪油煎两个嫩荷包蛋——我们那里叫作"蛋瘪子"，抓一把炒米和在一起吃。这种食品是只有"惯宝宝"才能吃得到的。谁家要是老给孩子吃这种东西，街坊就会有议论的。

我们那里还有一种可以急就的食品，叫作"焦屑"。煳锅巴磨成碎末，就是焦屑。我们那里，餐餐吃米饭，顿顿有锅巴。把饭铲出来，锅巴用小火烘焦，起出来，卷成一卷，存着。锅巴是不会坏的，不发馊，不长霉。攒够一定的数量，就用一具小石磨磨碎，放起来。焦屑也像炒米一样，用开水冲冲，就能吃了。焦屑调匀后成糊状，有点像北方的炒面，但比炒面爽口。

我们那里的人家预备炒米和焦屑，除了方便，原来还有一层意思，是应急。在不能正常煮饭时，可以用来充饥。这很有点像古代行军用的"糒"。有一年，记不得是哪一年，总之是我还小，还在上小学，党军（国民革命军）和联军（孙传芳的军队）在我们县境内开了仗，很多人都躲进了红十字会。不知道出于一种什么信念，大家都以为红十字会是哪一方的军队都不能打进去的，进了红十字会就安全了。红十字会设在炼阳观，这是一个道士观。我们一家带了一点行李进了炼阳观。祖母指挥着，特别关照，把一坛炒米或一坛焦屑带了去。我对这种打破常规的生活极感兴趣。晚上，爬到吕祖楼上去，看双方军队枪炮的火光在东北面不知什么地方一阵一阵地亮着，觉得有点紧张，也很好玩。很多人家住在一起，不能煮饭，这一晚上，我们是冲炒米、泡焦屑度过的。没有床铺，我把几个道士诵经用的蒲团拼起来，在上面睡了一夜。这实在是我小时候度过的一个浪漫主义的夜晚。

第二天，没事了，大家就都回家了。

炒米和焦屑和我家乡的贫穷和长期的动乱是有关系的。

端午的鸭蛋 [1]　　江苏·小吃

汪曾祺

　　家乡的端午，很多风俗和外地一样。系百索子。五色的丝线拧成小绳，系在手腕上。丝线是掉色的，洗脸时沾了水，手腕上就印得红一道绿一道的。做香角子。丝线缠成小粽子，里头装了香面，一个一个穿起来，挂在帐钩上。贴五毒。红纸剪成五毒，贴在门槛上。贴符。这符是城隍庙送来的。城隍庙的老道士还是我的寄名干爹，他每年端午节前就派小道士送符来，还有两把小纸扇。符送来了，就贴在堂屋的门楣上。一尺来长的黄色、蓝色的纸条，上面用朱笔画些莫名其妙的道道，这就能辟邪吗？喝雄黄酒。用酒和的雄黄在孩子的额头上画一个"王"字，这是很多地方都有的。

1　节选自《故乡的食物》。

有一个风俗不知别处有不：放黄烟子。黄烟子是大小如北方的麻雷子的炮仗，只是里面灌的不是硝药，而是雄黄。点着后不响，只是冒出一股黄烟，能冒好一会儿。把点着的黄烟子丢在橱柜下面，说是可以熏五毒。小孩子点了黄烟子，常把它的一头抵在板壁上写虎字。写黄烟虎字笔画不能断，所以我们那里的孩子都会写草书的"一笔虎"。

还有一个风俗，是端午节的午饭要吃"十二红"，就是十二道红颜色的菜。十二红里我只记得有炒红苋菜、油爆虾、咸鸭蛋，其余的都记不清，数不出了。也许十二红只是一个名目，不一定真凑足十二样。不过午饭的菜都是红的，这一点是我没有记错的，而且，苋菜、虾、鸭蛋，一定是有的。这三样，在我的家乡，都不贵，多数人家是吃得起的。

我的家乡是水乡，出鸭。高邮大麻鸭是著名的鸭种。鸭多，鸭蛋也多。高邮人也善于腌鸭蛋。高邮咸鸭蛋于是出了名。我在苏南、浙江，每逢有人问起我的籍贯，回答之后，对方就会肃然起敬："哦！你们那里出咸鸭蛋！"上海的卖腌腊的店铺里也卖咸鸭蛋，必用纸条特别标明："高邮咸蛋"。高邮还出双黄鸭蛋。别处鸭蛋也偶有双黄的，但不如高邮的多，可以成批输出。双黄鸭蛋味道其实无特别处，还不就是个鸭蛋！只是切开之后，里面圆圆的两个黄，使人惊奇不已。我对异乡人称道高邮鸭蛋，是不大高兴的，好像我们那穷地方就出鸭蛋似的！不过高邮的咸鸭蛋，确实是好，我走的地方不少，所食鸭蛋多矣，但和我家乡的完全不能相比！曾经沧海难为水，他乡咸鸭蛋，我实在瞧不上。

袁枚的《随园食单·小菜单》有"腌蛋"一条。袁子才这个人我不喜欢，他的《食单》好些菜的做法是听来的，他自己并不会做菜。但是"腌蛋"这一条我看后却觉得很亲切，而且"餐有荣焉"。文不长，录如下：

腌蛋以高邮为佳，颜色红而油多，高文端公最喜食之。席间，先夹取以敬客，放盘中。总宜切开带壳，黄白兼用；不可存黄去白，使味不全，油亦走散。

高邮咸蛋的特点是质细而油多。蛋白柔嫩，不似别处的发干、发粉，入口如嚼石灰。油多尤为别处所不及。鸭蛋的吃法，如袁子才所说，带壳切开，是一种，那是席间待客的办法。平常食用，一般都是敲破"空头"用筷子挖着吃。筷子头一扎下去，吱——红油就冒出来了。高邮咸蛋的黄是通红的。苏北有一道名菜，叫作"朱砂豆腐"，就是用高邮鸭蛋黄炒的豆腐。我在北京吃的咸鸭蛋，蛋黄是浅黄色的，这叫什么咸鸭蛋呢！

端午节，我们那里的孩子兴挂"鸭蛋络子"。头一天，就由姑姑或姐姐用彩色丝线打好了络子。端午一早，鸭蛋煮熟了，由孩子自己去挑一个，鸭蛋有什么可挑的呢？有！一要挑淡青壳的。鸭蛋壳有白的和淡青的两种。二要挑形状好看的。别说鸭蛋都是一样的，细看却不同。有的样子蠢，有的秀气。挑好了，装在络子里，挂在大襟的纽扣上。这有什么好看呢？然而它是孩子心爱的饰物。鸭蛋络子挂了多半天，什么时候孩子一高兴，就把络子里的鸭蛋掏出来，吃了。端午的鸭蛋，新腌不久，只有一点淡淡的咸味，白嘴吃也可以。

孩子吃鸭蛋是很小心的，除了敲去空头，不把蛋壳碰破。蛋黄蛋白吃光了，用清水把鸭蛋里面洗净，晚上捉了萤火虫来，装在蛋壳里，空头的地方糊一层薄罗。萤火虫在鸭蛋壳里一闪一闪地亮，好看极了！

小时读囊萤映雪故事，觉得东晋的车胤用练囊盛了几十只萤火虫，照了读书，还不如用鸭蛋壳来装萤火虫。不过用萤火虫照亮来读书，而且一夜读到天亮，这能行吗？车胤读的是手写的卷子，字大，若是读现在的新五号字，大概是不行的。

咸菜茨菰汤 [1]　江苏·小吃

汪曾祺

　　一到下雪天，我们家就喝咸菜汤，不知是什么道理。是因为雪天买不到青菜？那也不见得。除非大雪三日，卖菜的出不了门，否则他们总还会上市卖菜的。这大概只是一种习惯。一早起来，看见飘雪花了，我就知道：今天中午是咸菜汤！

　　咸菜是青菜腌的。我们那里过去不种白菜，偶有卖的，叫作"黄芽菜"，是外地运去的，很名贵。一盘黄芽菜炒肉丝，是上等菜。平常吃的，都是青菜。青菜似油菜，但高大得多。入秋，腌菜，这时青菜正肥。把青菜成担地买来，洗净，晾去水气，下缸。一层菜，一层盐，码实，即成。随吃随取，可以一直吃到第二年春天。

1　节选自《故乡的食物》。

腌了四五天的新咸菜很好吃，不咸，细、嫩、脆、甜，难可比拟。

咸菜汤是咸菜切碎了煮成的。到了下雪的天气，咸菜已经腌得很咸了，而且已经发酸。咸菜汤的颜色是暗绿的。没有吃惯的人，是不容易引起食欲的。

咸菜汤里有时加了茨菇片，那就是咸菜茨菇汤。或者叫茨菇咸菜汤，都可以。

我小时候对茨菇实在没有好感。这东西有一种苦味。民国二十年[1]，我们家乡闹大水，各种作物减产，只有茨菇却丰收。那一年我吃了很多茨菇，而且是不去茨菇的嘴子的，真难吃。

我十几岁离乡，辗转漂流，三四十年没有吃到茨菇，并不想。

前好几年，春节后数日，我到沈从文老师家去拜年，他留我吃饭，师母张兆和炒了一盘茨菇肉片。沈先生吃了两片茨菇，说："这个好！格比土豆高。"我承认他这话。吃菜讲究"格"的高低，这种语言正是沈老师的语言。他是对什么事物都讲"格"的，包括对于茨菇、土豆。

因为久违，我对茨菇有了感情。前几年，北京的菜市场在春节前后有卖茨菇的。我见到，必要买一点，回来加肉炒了。家里人都不怎么爱吃。所有的茨菇，都由我一个人"包圆儿"了。

1　即 1931 年。

北方人不识茨菰。我买茨菰，总要有人问我："这是什么？"——"茨菰。"——"茨菰是什么？"这可不好回答。

北京的茨菰卖得很贵，价钱和"洞子货"（温室所产）的西红柿、野鸡脖韭菜差不多。

我很想喝一碗咸菜茨菰汤。

我想念家乡的雪。

苋菜梗 浙江·小吃

周作人

近日从乡人处分得腌苋菜梗来吃，对于苋菜仿佛有一种旧
雨之感。苋菜在南方是平民生活上几乎没有一天缺的东西，北
方却似乎少有，虽然在北平近来也可以吃到嫩苋菜了。查《齐
民要术》中便没有讲到，只在卷十列有人苋一条，引《尔雅》
郭注，但这一卷所讲都是"五谷果蓏菜茹非中国物产者"，而
《南史》中则常有此物出现，如《王智深传》云："智深家贫无
人事，尝饿五日不得食，掘苋根食之。"又《蔡樽附传》云：
"樽在吴兴不饮郡斋井，斋前自种白苋紫茄以为常饵，诏褒其
清。"都是很好的例。

苋菜据《本草纲目》说共有五种，马齿苋在外。苏颂曰：

> 人苋白苋俱大寒，其实一也，但大者为白苋，小者为人苋耳，
> 其子霜后方熟，细而色黑。紫苋叶通紫，吴人用染爪者，诸苋中

唯此无毒不寒。赤苋亦谓之花苋，茎叶深赤，根茎亦可糟藏，食之甚美味辛。五色苋今亦稀有，细苋俗谓之野苋，猪好食之，又名猪苋。

李时珍曰："苋并三月撒种，六月以后不堪食，老则抽茎如人长，开细花成穗，穗中细子扁而光黑，与青葙子鸡冠子无别，九月收之。"《尔雅》释草，"蒉，赤苋"，郭注云，"今之苋赤茎者"，郝懿行疏乃云，"今验赤苋茎叶纯紫，浓如燕支，根浅赤色，人家或种以饰园庭，不堪啖也"。照我们经验来说，嫩的紫苋固然可以瀹食，但是"糟藏"的却都用白苋，这原只是一乡的习俗，不过别处的我不知道，所以不能拿来比较了。

说到苋菜同时就不能不想到甲鱼。《学圃馀疏》云："苋有红白二种，素食者便之，肉食者忌与鳖共食。"《本草纲目》引张鼎曰："不可与鳖同食，生鳖瘕，又取鳖肉如豆大，以苋菜封裹置土坑内，以土盖之，一宿尽变成小鳖也。"其下接联地引汪机曰："此说屡试不验。"《群芳谱》采张氏的话稍加删改，而末云"即变小鳖"之后却接写一句"试之屡验"，与原文比较来看未免有点滑稽。这种神异的物类感应，读了的人大抵觉得很是好奇，除了雀入大水为蛤之类无可着手外，总想怎么来试他一试，苋菜鳖肉反正都是易得的材料，一经实验便自分出真假，虽然也有越试越糊涂的，如《酉阳杂俎》所记："蝉未蜕时名复育……秀才韦翾，庄在杜曲，常冬中掘树根，见复育附于朽处，怪之，村人言蝉固朽木所化也，翾因剖一视之，腹中犹实烂木。"这正如剖鸡胃中皆米粒，遂说鸡是白米所化也。苋菜与甲鱼同吃，在三十年前曾和一位族叔试过，现在族叔已将七十了，听说还健在，我也不曾肚痛，那么鳖瘕之说或者也可以归入不验之列了吧。

苋菜梗的制法须俟其"抽茎如人长"，肌肉充实的时候，去叶取梗，切作寸许长短，用盐腌藏瓦坛中，候发酵即成，生熟皆可食。平民几乎家家皆制，每食必备，与干菜腌菜及螺蛳霉豆腐千张等为日用的副食物，苋菜梗卤中又可浸豆腐干，卤可蒸豆腐，味与"溜豆腐"相似，稍带枯涩，别有一种山野之趣。读外乡人游越的文章，大抵众口一词地讥笑土人之臭食，其实这是不足怪的，绍兴中等以下的人家大都能安贫贱，敝衣恶食，终岁勤劳，其所食者除米而外唯菜与盐，盖亦自然之势耳。干腌者有干菜，湿腌者以腌菜及苋菜梗为大宗，一年间的"下饭"差不多都在这里。《诗》云，"我有旨蓄，亦以御冬"，是之谓也，至于存置日久，干腌者别无问题，湿腌则难免气味变化，顾气味有变而亦别具风味，此亦是事实，原无须引西洋干酪为例者也。

《邵氏闻见录》云，汪信民常言，人常咬得菜根则百事可做，胡康侯闻之击节叹赏。俗语亦云，布衣暖，菜根香，读书滋味长。明洪应明遂作《菜根谭》以骈语述格言，《醉古堂剑扫》[1]与《娑罗馆清言》亦均如此，可见此体之流行一时了。咬得菜根，吾乡的平民足以当之，所谓菜根者当然包括白菜芥菜头，萝卜芋芳之类，而苋菜梗亦附其下，至于苋根虽然救了王智深的一命，实在却无可吃，因为这只是梗的末端罢了，或者这里就是梗的别称也未可知。咬了菜根是否百事可做，我不能确说，但是我觉得这是颇有意义的，第一可以食贫，第二可以习苦，而实在却也有清淡的滋味，并没有荼这样难吃，胆这样难尝。这个年头儿人们似乎应该学得略略吃得起苦才好。中国的青年有些太娇养了，大抵连冷东西都不会吃，水果冰激凌除外，我真替他们忧虑，将来如何上得前敌，至于那粉泽不去手，和穿红里子的夹袍的更不必说了。其实我也并不激烈地想禁止跳舞或抽白面，我知道在乱世的生活法中耽溺亦是其一，不满于现世社会制度而无从反抗，往往沉浸于醇酒妇人以解忧闷，与山中饿夫殊途而同归，后之人略迹原心，也不敢加以菲薄，不过这也只是近于豪杰之徒才可以，绝不是我们凡人所得以援引的而已。——喔，似乎离本题太远了，还是就此打住，有话改天换了题目再谈吧。

---

1 又名《小窗幽记》。

臭豆腐

浙江·小吃

周作人

　　近日百物昂贵，手捏三四百元出门，买不到什么小菜。四百元只够买一块酱豆腐，而豆腐一块也要百元以上，加上盐和香油生吃，既不经吃也不便宜，这时候只有买臭豆腐最是上算了。这只要百元一块，味道颇好，可以杀饭，却又不能多吃，大概半块便可下一顿饭，这不是很经济的吗？

　　这一类的食品在我们的乡下出产很多，豆腐做的是霉豆腐，分红霉豆腐、臭霉豆腐两种（棋子霉豆腐附），有霉千张，霉苋菜梗，霉菜头，这些乃是家里自制的。外边改称酱豆腐、臭豆腐，这也没有什么关系，但本地别有一种臭豆腐，用油炸了吃的，所以在乡下人看来，这名称是有点缠夹的了。更有意思的是，乡下所制干菜，有白菜干、油菜干、倒督菜之分，外边则统称之为霉干菜，干菜本不霉而称之曰霉，豆腐事实上是霉过的而不称为霉，在乡下人听了是很有点儿别扭的。

豆腐据说是淮南遗制，历史甚长，够得上说是中国文明的特产，现代科学盛称大豆的营养价值，所以这是名实相符的国粹。它的制品又是种类很多，豆腐，油豆腐，豆腐干，豆腐皮，千张，豆腐渣，此外还有豆腐浆和豆面包，做起菜来各具风味，并不单调，如用豆腐店的出品做成十碗菜，一定是比沙锅居的全猪席要好得多的。中国人民所吃的小菜，一半是白菜萝卜，一半是豆腐制品，淮南的流泽实是孔长了。还有一件事想起来也很好玩的，便是西洋人永不会得吃豆腐，我们想象用了豆腐干、油豆腐去做大菜，能够做出什么东西来，巴黎的豆腐公司之失败，也就是一个证明了。

食味杂记　　浙江·小吃

王鲁彦

　　如其他的宁波人一般，我们家里每当十一二月间也要做一石左右米的点心，磨几斗糯米的汤果。所谓点心，就是有些地方的年糕，不过在我们那里还包括着形式略异的薄饼厚饼，元宝，等等。汤果则和汤团（有些地方叫作元宵团）完全是一类的东西，所差的是汤果只如纽子那样大小而且没有馅子。点心和汤果做成后，我们几乎天天要煮着当饭吃。我们一家人都非常地喜欢这两种东西，正如其他的宁波人一般。

　　母亲姐姐妹妹和我都喜欢吃咸的东西。我们总是用菜煮点心和汤果。但父亲的口味恰和我们的相反，他喜欢吃甜的东西。我们每年盼望父亲回家过年，只是要煮点心和汤果吃时，父亲若在家里便有点为难了。父亲吃咸的东西正如我们吃甜的东西一般，一样地咽不下去。我们两方面都难以迁就。母亲是最要省钱的，到了这时也只有甜的和咸的各煮一锅。照普遍的宁波人的俗例，正月初一必须吃一天甜汤果。因此欢天喜地的元旦在我们是一个磨难的日子，我们常常私自谈起，都有点怪祖宗不该创下这种规例。腻滑滑的甜汤果，我们勉强而又勉强地还吃不下一碗，父亲却能吃三四碗。我们对于父亲的嗜好都觉得奇怪、神秘。"甜的东西是没有一点味的。"我每每对父亲说。

二十几年来，我不仅不喜欢吃甜的东西，而且看见甜的（糖却是例外）还害怕，而至于厌憎。去年珊妹给我的信中有一句"蜜钱一般甜的……"竟忽然引起了我的趣味，觉得甜的滋味中还有令人魂飞的诗意，不能不去探索一下。因此遇到甜的东西，每每捐除了成见，带着几分好奇心情去尝试。直到现在，我的舌头仿佛和以前不同了。它并不觉得甜的没有味，在甜的和咸的东西在面前时，它都要吃一点。"甜的东西是没有一点味的。"这句话我现在不说了。

从前在家里，梅还没有成熟的时候，母亲是不许我去买来吃的，因为太酸了。但明买不能，偷买却还做得到。我非常爱吃酸的东西，我觉得梅熟了反而没有味，梅的美味即在未成熟的时候。故乡的杨梅甜中带酸，在果类中算最美味的，我每每吃得牙齿不能吃饭。大概就是因为吃酸的果品吃惯了，近几年来在吃饭的时候，总是想把任何菜浸在醋中吃。有一年在南京，几乎每餐要一二碗醋。不仅浸菜吃，竟喝着下饭了。朋友们都有点惊骇，他们觉得这是一种古怪的嗜好，仿佛背后有神的力一般。但这在我是再平常也没有的事情了。醋是一种美味的东西，绝不是使人害怕的东西，在我觉得。

许多人以为浙江人都不会吃辣椒，这却不对。据我所知，三江一带的地方，出辣椒的很多，会吃辣椒的人也很多。至于宁波，确是不大容易得到辣椒，宁波人除了少数在外地久住的人外，差不多都不会吃辣椒。辣椒在我们那边的乡间只是一种玩赏品。人家多把它种在小小的花盆里，和鸡冠花、满堂红之类排列在一处，欣赏辣椒由青色变成红色。那里的种类很少，大一点的非常不易得到，普通多是一种圆形的像纽子般大小的所谓纽子辣茄（宁波人喊辣椒为辣茄），但这一种也还并不多见。我年幼时不晓得辣椒是可以吃的东西，只晓得它很辣，除了玩赏之外还可以欺侮新娘子或新女婿。谁家的花轿进了门，常常便有许多孩子拿了羊尾巴或辣椒伸手到轿内去，往新娘子的嘴上抹。新女婿第一次到岳家时，年轻的男女常常串通了厨子，暗地里在他的饭内拌一点辣椒，看他辣得皱上眉毛，张着口，胥胥地响着，大家就哄然笑了起来。我自在北方吃惯了辣椒，去年回到家里要一点吃吃便感到非常地苦恼。好容易从城里买了一篮（据说城里有辣椒卖还是最近几年的事），味道却如青菜一般一点也不辣。邻居听说我能吃辣椒，都当作一种新闻传说。平常一提到我，总要连带地提到辣椒。他们似乎把我当作一个外人看待。他们看见我吃辣椒，便要发笑。我从他们眼光中发觉到他们的脑中存着"他是夷狄之邦的人"的意思。

南方人到北方来最怕的是北方人口中的大蒜臭。然而这臭在北方人却是一种极可爱的香气。在南方人闻了要呕，在北方人闻了大概比仁丹还能提神。我以前在北京好几处看见有人在吃茶时从衣袋里摸出一包生大蒜头，也同别人一样地奇怪，一样地害怕。但后来吃了几次，觉得这味道实在比辣椒好得多，吃了大蒜以后还有一种后味和香气久久地留在口中。今年端午节吃粽子，甚至用它拌着吃了。"大蒜是臭的"这句话，从此离开了我的嘴巴。

宁波人腌菜和湖南人不同。湖南人多是把菜晒干了切碎，装入坛里，用草和篾片塞住了坛口，把坛倒竖在一只盛少许清水的小缸里。这样，空气不易进去，坛中的菜放一年两年也不易腐败，只要你常常调换小缸里的清水。宁波人腌菜多是把菜洗净，塞入坛内，撒上盐，倒入水，让它浸着。这样做法，在一礼拜至两月中咸菜的味道确是极其鲜嫩，但日子久了，它就要慢慢地腐败，腐败得臭不堪闻，而至于坛中拥浮着无数的虫。然而宁波人到了这时不但不肯弃掉，反而比才腌的更喜欢吃了。有许多乡下人家的陈咸菜一直吃到新咸菜可吃时还有。这原因除了节钱之外，还有一个原因是为的越臭越好吃。还有一种为宁波人所最喜欢吃的是所谓"臭苋菜股"。这是用苋菜的干腌菜似的做成的。它的腐败比咸菜容易，其臭气也比咸菜来得厉害。他们常常把这种已臭的汤倒一点到未臭的咸菜里去，使这未臭的咸菜也赶快地臭起来。有时煮什么菜，他们也加上一两碗臭汤。有的人闻到了邻居的臭汤气，心里就非常地神往；若是在谁家讨得了一碗，便千谢万谢，如得到了宝贝一般。我在北方住久了，不常吃鱼，去年回到家里一闻到鱼的腥气就要呕吐，唯几年没有吃臭咸菜和臭苋菜股，见了却还一如从前那么地喜欢。在我觉得这种臭气中分明有比芝兰还香的气息，有比肥肉鲜鱼还美的味道。然而和外省人谈话中偶尔提及，他们就要掩鼻而走了，仿佛这臭食物不是人类所该吃的一般。

绍兴东西

孙伏园

　　从前听一位云南朋友潘孟琳兄谈及，云南有一种挑贩，挑着两个竹篓子，口头叫着："卖东西啊！"这种挑贩全是绍兴人，挑里面的东西全是绍兴东西；顾主一部分自然是绍兴旅滇同乡，一部分却是本地人及别处人。所谓绍兴东西，就是干菜、笋干、茶叶、腐乳，等等。

　　绍兴有这许多特别食品，绍兴人在家的时候并不觉得，一到旅居外方的时候便一样一样地想起来了。绍兴东西的挑子就是应了这种需要而发生的。我在北京，在武汉，在上海，也常常看见这一类挑子。

　　解剖起来，所谓绍兴东西有三种特性：第一是干食，第二是腐食，第三是蒸食。

　　干食不论动植物质，好处在：（1）整年地可以享用这类食品，例如没有笋的时候可以吃笋干，没有黄鱼的时候可以吃白鲞（这字读作"响"，是一个浙东特有的字，别处连认也不认得）；（2）增加一种不同的口味，例如芥菜干和白菜干，完全不是芥菜和白菜的口味，白鲞完全不是黄鱼的口味，虾米完全不是虾仁的口味；（3）增加携带的便利，既少重量，又少面积，既没有水分，又不会腐烂。这便是干食的好处。

至于腐食，内容和外表的改变比干食还厉害。爱吃腐食不单是绍兴人为然，别处往往也有一样两样东西是腐了以后吃的，例如法国人爱吃腐了的奶油，北京人爱吃臭豆腐和变蛋（俗曰皮蛋）。但是，绍兴人确比别处人更爱吃腐食。腐乳在绍兴名曰"霉豆腐"。有"红霉豆腐"和"白霉豆腐"之别。白霉豆腐又有臭和不臭两种，臭的曰"臭霉豆腐"，不臭的则有"醉方"和"糟方"，因为都是方形的。此外，千张（一名百叶）也有腐了吃的，曰"霉千张"。笋也腐了吃，曰"霉笋"。菜根也腐了吃，曰"霉菜头"。苋菜的梗也腐了吃，曰"霉苋菜梗"。霉苋菜梗蒸豆腐是妙味的佐饭菜。这便渐渐讲到蒸食的范围里去了。

蒸食也有许多特别的东西。但绝没有别处的讲究，例如荷叶米粉肉的蒸食和鲫鱼青蛤的蒸食，是各处都有的，但绍兴人往往蒸食青菜、豆腐这类粗东西。这里我要请周启明[1]先生

1　即周作人，字启明。

原谅，没有得到他的同意，发表了他托我买盐奶的一张便条[1]。盐奶是一种烧盐的余沥。烧盐的时候，盐汁有点点滴下的，积在柴灰堆里，成为灰白色的煤块样的东西，这便是盐奶。盐奶的味道仍是咸——盐奶的得名和钟乳石的得名同一道理——而别具鲜味，最宜于做"擂豆腐"吃。"擂"者是捣之搅之之谓。豆腐擂了之后，加以盐奶，面上或者加些笋末和麻油，在饭锅子里一蒸，多蒸几次更好，取出食之，便是价廉味美的"擂豆腐"了。又如干菜蒸肉，是生肉一层，干菜一层，放在碗中蒸的，大约要蒸二十次或十五次，使肉中有干菜味，干菜中也有肉味。此外，用白鲞和鸡共蒸，味道也是无穷，西湖碧梧轩绍酒馆便以这"鲞拼鸡"名于世。

1　即周作人1933年写给孙伏园的信，内容如下：伏园兄：今有一事奉记，因做擂豆腐吃，需用盐奶，此间绝不易得，可否乞为在绍兴买些于北来时带下。专此顺颂，近安。　作人启　八月十二日

四川的四种美食 [1] 四川·小吃

李劼人

　　上来业已说过发明大半由于偷懒，由于错误；发现大半由于需要，由于好奇。我们可以想见，到荒旱饥饿时节，连死人都不免变为活人的食料，何况草根树皮！于是见啥吃啥的结果，乃多有发现，例如洋芋，自法王路易十三世起，据说才因荒旱而成了主要食品。而枸杞芽、猪鼻孔、荠菜、藜藿、泥鳅蒜，甚至连椿树的嫩芽，连农家种来作绿肥田之用的苕菜苞儿，其所以从野生而变为蔬菜中之妙品者，几何不是因了大多数人的经济情形不佳，不许可有好的东西吃，而一半出于勉强，一半由于好奇，才吃出来的？年来成都乡间又新出一种野菜名曰竹叶菜，草本而竹叶，丛生路边，不过范围尚小，做法

1　节选自李劼人的晚年作品《漫谈中国人的衣食住行》，题目为编者所加。

亦未研精，吃的人还不多耳！苟舍蔬菜而引申及于肉食，也可看出许多在今日高等华人菜单中称为名贵食品的，其先，大都出于劳苦大众迫不得已而后试吃出来，例如广东席上的蛇肉，已是人人知道开其先河者，乃穷苦无依之乞丐也。因其为人人所已知，故不在此具论。兹介绍近几十年来四川所特有的四项食品，虽皆尚未登大雅之堂，然已逐渐风行，瞻望前途，殆不下于驰名四远之麻婆豆腐焉。

其一曰：强盗饭，发明时期大约只二十余年。发明地点为川东之华蓥山中。发明者，打家劫舍、明火执仗之强盗也。据说，某年有强盗一伙，被官兵围困于盛产巨竹的华蓥山，最使强盗头痛的，就是在丛山中找不着人家煮饭吃。由于迫切需要，于是一位聪明家伙便想出一个方法：将山上大竹截下一节，将携带的生米用溪水淘净，装入竹筒，一半水一半米，筒口用竹叶野草封严，涂以稀泥，放于枯枝败叶中，燃火煨之。待至枯枝败叶成灰，筒内之米便成熟饭。既软硬合度，又带有鲜竹清香。每一竹筒，可有小小两碗饭。如其再奢华一点，加一些别的好材料，的确是别具风味的好食品。不过条件太苛了，要相当大的竹，要应用时旋截，不能用变黄的陈竹，要容易成灰而火力又甚猛的枝叶，这些都与正式庖厨不合，而做出来的量又不大，费一个人的精力只够一个壮汉半饱，说起来也太不经济。像这样，实实在在只能让逼上山林的豪杰们去享受。风雅一点，也只好让某些骚人逸士，在游山玩水之余，去做一次二次的野餐，庶几有滋味。譬如乡村美女，只管娟秀入骨，风神宜人，倘一旦而摩登之，鬈其头发，高其脚跟，黛其眼眶，朱其嘴唇，甚至蔻丹其手脚指甲，纵然不化西施为嫫母，似乎总不如其在乡村中纯任自然的受看吧！此强盗饭之所以不能上席而供高等华人之口也。

其二曰：叫花子鸡，叫花子偷得一只活鸡，既无锅灶，如何弄得进肚？不吃吧，又嘴馋。叫花子思之思之，于是计来了，因为身边无刀，便先将鸡头按在水里闷死，然后调和黄泥，将鸡身连毛一涂，厚厚地涂成一个椭圆形的泥球，然后集合柴草，将这泥球一烧。估计差不多了，或许已经有了香气，便从热灰里将泥球掏出，剥去黄泥，而鸡毛、鸡皮也连之而去，剩下的只是莹白的鸡肉了。鸡的内脏，也连血烧作一团，挖而去之。这在做法上言，很简单，在理论上言，似乎颇有美味，但实际并不好吃，既有鸡屎臭，又有鸡毛臭。不过后来传到吃家手上，做法就改善了，鸡还是要杀死，还是要去内脏，去鸡毛。打整干净，将水分风干，以川冬菜，葱、姜、花椒，连黄酒塞入空肚内，缝严，再用贵州皮纸打湿，密切地裹在鸡身上，一层二层，而后按照叫花子的手法，在皮纸上涂以黄泥，煨以草火，俟肉香四溢，取出剥食，委实比铁灶扒鸡还为美味。虽然也可砍成碎块，盛在古瓷盘内，端上餐桌，以供贵宾，然而总不及蹲在火堆边，学叫花子样，用手爪撕来吃的有趣。这犹之在北平吃烤羊肉样，倘不守在柴炉子边，一面揩着烟熏的眼睛，一面在明火上烤一片，吃一片，请想想还有啥味儿？由这样吃烧鸡的方式，不禁油然想到吃烤鸭的同样方式来。成都鸭子，并不像北平白鸭子那么肥大，但也有像北平侍弄鸭子样的特殊喂法，其名曰填。一直把只平常瘦鸭填得非常之胖，宰杀去毛风干，放到挂炉里烤好后，名曰烤填鸭。因其珍贵，吃时必由厨师拿到堂前开片，名曰堂片，亦犹吃满洲席之烤小猪样也。不过成都的烤填鸭，并不如北平的好，因为鸭子填得太胖，皮之下全是腻油，除了吃一层薄薄的脆皮外，吃不到一丁点儿肉也。至于不填的瘦鸭，也可以在挂炉里烧，其名就叫烧鸭。寻常吃法，是切成碎块，浇以五香卤汁，这不算好吃法；必也准时（以前多半在正午十二点钟）守在烧鸭铺内，一到鸭子刚由炉内取出，抹上糖精，皮色变红，全身犹热烘烘时，即用手爪撕下，塞入口内，一面下以滚热的大碗黄老酒。这样吃法，自然不是布尔乔亚[1]以上阶级的人所取，而真正的劳苦大众则又吃不起。在前，成都市上很多这类的卖热老酒的烧鸭铺，四十年前，青石桥南街的温鸭子，北街的便宜坊，都最有名，而西御街东口的王胖鸭店，则是后起之秀，而今已差不多全成古迹了。（王胖鸭店因为几次拆房让街，已安不下一张桌子，鸭子也

1　布尔乔亚：英语 bourgeoisie 的音译，指资产阶级。

烧坏了，毫无滋味。老胖、小胖皆已作古。所谓王胖，是人胖也，并非王姓而卖胖鸭也。今只有提督东街之耗子洞烧鸭店尚可，然已无喝滚热老酒之余风，遑论乎以手爪撕吃热烧鸭乎！）

其三曰：牛毛肚，是牛的毛肚，并非牦牛的肚，此不可不判明。牦牛者，犛牛也，司马相如《上林赋》注云，出西南徼外，至今仍是大小金川、康边、西藏一带的特产，且是重要的交通工具之一。毛肚者，牛之千层肚也，黄牛之千层肚肉刺较细，水牛之千层肚则肉刺森森，乍看犹毛也。四川多穆斯林民众，故吃牛肉者众。自流井、贡井、犍为、乐山产岩盐掘井甚深，车水熬盐。车水之工，则赖板角水牛（今已逐渐改用电力、机力）。天气寒浊，水牛多病死，工重，水牛多累死，历时久，水牛多老死。故自贡、犍、乐一带产皮革，则吃水牛肉。水牛肉味酸肉粗，非佳馔，故吃之者多贫苦人。自贡、犍、乐之水牛内脏如何吃法，不得知，而吃水牛之毛肚火锅，则发源于重庆对岸之江北。最初是一般挑担零卖贩子将水牛内脏买得，洗净煮一煮，而后将肝子肚子等切成小块，于担头置泥炉一具，炉上置分格的大洋铁盆一只，盆内翻煎倒滚煮着一种又辣又麻又咸的卤汁。于是河边的桥头的，一般卖劳力的朋友和讨得了几文而欲肉食的乞丐等，便围着担子，受用起来。各人认定一格卤汁，且烫且吃，吃若干块，算若干钱，既经济，而又能增加热量。已不知有好多年了，全未为小布尔乔亚以上阶级的人注意过，直到民国二十一、二十二年[1]，重庆商业场街才有一家小饭店将它高尚化了，从担头移到桌上。泥炉依然，只将分格洋铁盆换成了赤铜小锅，卤汁蘸料也改为由食客自行配合，以求干净而适合各人的口味。最初的原料，只是牛骨汤、固体牛油、豆瓣酱、造酱油的豆母、辣椒末、花椒末、生盐等，待到卤汁合味，盛旺炉火将卤汁煮得滚开时，先煮大量蒜苗，然后将凉水漂着的黑色的牛毛肚片（已煮得半熟了），用竹筷夹着，入卤汁烫之，不能太暂，也不能稍久，然后和煮好的蒜苗共食。样子颇似吃涮羊肉而味则浓厚（近年重庆又有以生鸡蛋、芝麻油、味精作调和蘸料，说是清火退热，实为又一吃法）。最初只是如此，其后传到成都（民国三十五年[2]）便渐渐研制极精，而且渐渐踵事增华，反而比重庆做得更为高明。泥炉还是泥炉，铜锅则改为砂锅，豆母则改为陈年豆豉，格外再加甜醪糟。主品的水牛毛肚片之外，尚有生鱼片，有带血的鳝鱼片，有生牛脑髓，有生牛脊髓，有生牛肝片，有生牛腰片，有生的略拌豆粉的牛腰肋、嫩羊肉，近年更有生鸭肠、生鸭肝、生鸭腊肝以及用豆粉打出的细粉条其名曰"和脂"者（此是旧名，见于明朝人的笔记）。生菜哩，也加多

1　即1932、1933年。

2　即1946年。

了，有白菜，有菠菜，有豌豆尖，有芹黄，以及洋莴笋、鸡窠菜等，但蒜苗仍为主要生菜，无之，则一切乏味，倘能代以西洋大蒜苗译名"波哇罗"的，将更美妙矣。然亦以此而有季节性焉，必候蒜苗上市，而后围炉大嚼，自秋徂冬，于时最宜。要之，吃牛肚火锅，须具大勇，吃后，每每全身大汗，舌头通木，难堪在此，好过亦在此。高雅而讲卫生的人，不屑吃；性情暴躁而不耐烦剧的人，不便吃；神经衰弱，一受刺激便会晕倒的高等华人，不可吃；而吃惯了淡味甜味，一见辣子便流汗皱眉的外省朋友，自然更不应吃，以免受罪。牛毛肚火锅者，纯原始型之吃法也。与日本之火锅仿佛，又似北方之涮锅，只是过分浓重，过分刺激，适宜于吃叶子烟的西南山地人的气氛。故只管处在清淡的菊花鱼锅的反面，而仍能在中下层吃家中站稳者，此也。

其四曰：牛肺片，名实之不相符，无过于明明是牛脑壳皮，而称之曰肺片。中国人吃猪皮已为西洋人所诧异（猪皮做的菜颇多，至高且能冒充鱼翅，而以热油发成的响皮，简直可媲美鱼肚，此关乎食谱，非本文旨趣所应及，故不细论），而况成都人且吃牛脑壳皮焉。牛脑壳皮煮熟后，开成薄而透明之片，以卤汁、花椒、辣子红油拌之，色泽通红鲜明，食之滑脆辣香。发明者何人？不可知，发明之时期，亦不可知。在昔，只成都三桥上有之，短凳一条，一头坐人，一头牢置瓦盆一只，盆内四周插竹筷如篱笆，牛脑壳皮及牛脸肉则切成四指宽之薄片，调和拌匀，堆于盆内。辣香四溢，勾引过客，大抵贫苦大众，则聚而食之，各手一筷，拈食入口。凳上人则一面喝卖，一面叱责食客曰："筷子不准进嘴！"一面以小钱一把，于食客食次，辄置一钱于有格之木盘中以计数，食毕算账，两钱三块，三钱五块也。有穿长衫而过者，震其色香，欲就而食，则又腼腆，恐为知者笑，趑趄而过，不胜食欲之动，回旋摊头，疾拈一二片置口中，一面咀嚼，一面两头望，或不为熟人察见否？故此食品又名"两头望"。今则已上席列为冷荤之一，皇城坝之摊头亦易瓦盆为瓷盆，于观感上殊清洁多也。

其五曰：麻婆豆腐，上文已及麻婆豆腐，以其名闻遐迩，不能不谈，故言四项，于兹又添一项，并非蛇足，不得已耳。以做豆腐出名之麻婆，姓陈，成都人皆称之陈麻婆。既曰婆，则为老妇可知，既曰麻，则为丑妇可知，然而皆与做豆腐无关。缘陈麻婆者，成都北门外万福桥头一家纯乡村型的小饭店——本名"陈兴盛饭铺"，"麻婆豆腐"出名后，店名反为人所遗忘——之老板娘也。（万福桥已于民国三十六年[1]阴历丁亥岁被大水打毁，迄今民国三十七年[2]阴历戊子岁八月犹无修复消息，据云，此桥系清光绪丁亥岁重修，恰恰享寿一个花甲

1 即1947年。

2 即1948年。

六十岁。）万福桥路通苏坡桥，在三十七年前，为土法榨油坊的吞吐地，成都城内所需照明和做菜之用的菜油，有一多半是取给于此。于是推大油篓的叽咕车夫经常要到万福桥头歇脚吃饭（本来应该进出西门的，但在清朝时，西门一角划为满洲旗兵驻防之所，称为少城，除满人外，是不准人进出的），而经常供应这伙劳动家的，便是陈家饭店。在早饭店并没有招牌，人们遂以老板娘为号，而呼之为陈麻婆饭店。乡村饭店的下饭菜，除家常咸菜外只有豆腐，其名曰"灰磨儿"。大概某一回吃饭时，劳动家中的一位忽然动了念头，想奢华一下，要在白水豆腐、油煎豆腐、炒豆腐等素食外，加斤把菜油进去。同时又想辣一辣，使胃口更为好些。于是老板娘便发明了做法：将油篓内的菜油在锅里大大地煎熟一勺，而后一大把辣椒末放在滚油里，接着便是猪肉片、豆腐块，自然还有常备的葱啦，蒜苗啦，随手放了一些，一烩，一炒，加盐加水，稍稍一煮，于是辣子红油盖着了菜面，几大土碗盛到桌上，临吃时再放一把花椒末。劳动家们一吃到口里，那真窜呀！（窜是土语，即美味之意。有写作爨字的，恐太弯曲了。）肉与豆腐既嫩且滑，同时味大油重，满够刺激，而又不像用猪油做出的那么腻人。于是陈麻婆豆腐自此发明，直到陈麻婆老死后，其公子小姐承继衣钵，再传到孙辈外孙辈，犹家风未变。虽然麻婆豆腐在四五十年中已自乡村传到城市，已自成都传到上海、北平，做法及佐料已一变再变。记得作者在民国二十六年[1]"七七"抗战以后，携儿带女到万福桥陈家老店去吃此美馔时，且不说还是一所纯乡村型的饭店：油腻的方桌，泥污的窄板凳，白竹筷，土饭碗，火米饭，臭咸菜。及至叫到做碗豆腐来，十分土气的幺师（即跑堂的伙计）犹然古典式地问道："客伙，要割多少肉，半斤呢？十二两呢？……豆腐要半箱呢？一箱呢？……"而且店里委实没有肉，委实要幺师代客伙到街口上去旋割，所不同于古昔者，只无须客伙更去旋打菜油耳。

---

1 即 1937 年。

米线和饵块 云南·小吃

汪曾祺

　　未到昆明之前，我没有吃过米线和饵块。离开昆明以后，也几乎没有再吃过米线和饵块。我在昆明住过将近七年，吃过的米线饵块可谓多矣。大概每个星期都得吃个两三回。

　　米线是米粉像压饸饹似的压出来的那么一种东西，粗细也如张家口一带的莜面饸饹。口感可完全不同。米线洁白，光滑，柔软。有个女同学身材细长，皮肤很白，有个外号，就叫米线。这东西从作坊里出来的时候就是熟的，只需放入配料，加一点水，稍煮，即可食用。昆明的米线店都是用带把的小铜锅，一锅只能煮一两碗，多则三碗，谓之"小锅米线"。昆明人认为小锅煮的米线才好吃。米线配料有多种，除了爨肉之外，都是预先熟制好了的。昆明米线店很多，几乎每条街都有。文林街就有两家。

　　一家在西边，近大西门，坐南朝北。这家卖的米线花样多，有焖鸡米线、爨肉米线、鳝鱼米线、叶子米线。焖鸡其实不是鸡，是瘦肉，煸炒之后，加酱油香料煮熟。爨肉即鲜肉末。米线煮开，拨入肉末，见两开，即得。昆明人不知道为什么把这种做法叫作爨肉，这是个多么复杂难写的字！云南因有二爨（《爨宝子》《爨龙颜》）碑，很多人能认识这个字，外省人多不识。云南人把荤菜分为两类，大块炖猪肉以及鸡鸭牛羊肉，谓之"大荤"，炒蔬菜而加一点肉丝或肉末，谓之"爨荤"。"爨荤"者零碎肉也。爨肉米线的名称也许是这样引申出来的。鳝鱼米线的鳝鱼是鳝鱼切段，加大蒜焖酥了的。"叶子"即炸猪皮。这东西有的地方叫"响皮"，很多地方叫"假鱼肚"，叫作"叶子"，似只有云南一省。

街东的一家坐北朝南，对面是西南联大教授宿舍，沈从文先生就住在楼上临街的一间里面。这家房屋桌凳比较干净，米线的味道也较清淡，只有焖鸡和爨肉两种，不过备有鸡蛋和西红柿，可以加在米线里。巴金同志在纪念沈先生文中说沈先生经常以两碗米线，加鸡蛋西红柿，就算是一顿饭了，指的就是这一家。沈先生通常吃的是爨肉米线。这家还卖鸡头脚（卤煮）和油炸花生米，小饮极便。

荩忠寺坡有一家卖炪肉米线。白汤。大块臀尖肥瘦肉煮得极炪，放大瓷盘中。米线烫热浇汤后，用包馄饨用的竹片扒下约半两炪肉，堆在米线上面。汤肥，味厚。全城卖炪肉米线者只此一家。

青云街有一家卖羊血米线。大锅两口，一锅开水，一锅煮着生的羊血。羊血并不凝结，只是像一锅嫩豆腐。米线放在漏勺里在开水锅中冒得滚烫，抎羊血一大勺盖在米线上，浇芝麻酱，撒上香菜蒜泥，吃辣的可以自己加。有的同学不敢问津，或望望然而去之，因为羊血好像不熟，我则以为是难得的异味。

正义路有一个奎光阁，门面颇大，有楼，卖凉米线。米线，加好酱油、酸甜醋（昆明的醋有两种，酸醋和甜醋，加醋时店伙都要问："吃酸醋嘛甜醋？"通常都答曰："酸甜醋"，即两样都要）、五辛生菜、辣椒。夏天吃凉米线，大汗淋漓，然而浑身爽快。奎光阁在我还在昆明时就关张了。

护国路附近有一条老街，有一家专卖干烧米线，门面甚小，座位靠墙，好像摆在一个半截胡同里，没几张小桌子。干烧米线放大量猪油，酱油，一点儿汤，加大量的辣椒面和川花椒末，烧得之后，无汁水，是盛在盘子里吃的。颜色深红，辣椒和花椒的香气冲鼻子。吃了这种米线得喝大量的茶，——最好是沱茶，因为味道极其强烈浓厚，"叫水"；而且麻辣味在舌上久留不去，不用茶水涮一涮，得一直张嘴哈气。

最为名贵的自然是过桥米线。过桥米线和汽锅鸡堪称昆明吃食的代表作。过桥米线以正义路牌楼西侧一家最负盛名。这家也卖别的饭菜，但是顾客多是冲过桥米线来的。入门坐定，叫过菜，堂倌即在每人面前放一盘生菜（主要是豌豆苗）；一盘（九寸盘）生鸡片、腰片、鱼片、猪里脊片、宣威火腿片，平铺盘底，片大，而薄几如纸；一碗白胚米线。随即端来一大碗汤。汤看来似无热气，而汤温高于摄氏100度，因为上面封了厚厚的一层鸡油。我们初到昆明，就听到不止一个人的警告：这汤万万不能单喝。说有一个下江人司机，汤一上来，端起来就喝，竟烫死了。把生片推入汤中，即刻就都熟了；然后把米线、生菜拨入汤碗，就可以吃起来。鸡片腰片鱼片肉片都极嫩，汤极鲜，真是食品中的尤物。过桥米线有个传说，说是有一秀才，在村外小河对岸书斋中苦读，秀才娘子每天给他送米线充饥，为保持鲜嫩烫热，遂想出此法。娘子送吃的，要过一道桥。秀才问："这是什么米线？"娘子说："过桥米线！""过桥米线"的名称就是这样来的。此恐是出于附会。"过桥"之名我于南宋人笔记中即曾见过，书名偶忘。

饵块有两种。

一种是汤饵块和炒饵块。饵块乃以米粉压成大坨，于大甑内蒸熟，长方形，一坨有七八寸长，五寸来宽，厚约寸许，四角浑圆，如一小枕头。将饵块横切成薄片，再加几刀，切如骨牌大，入汤煮，即汤饵块；亦可加肉片青菜炒，即炒饵块。我们通常吃汤饵块，吃炒饵块时少。炒饵块常在小饭馆里卖，汤饵块则在较大的米线店里与米线同卖。饵块亦可以切成细条，名曰饵丝。米线柔滑，不耐咀嚼，连汤入口，便顺流而下，一直通过喉咙入肚。饵块饵丝较有咬劲。不很饿，吃米线；倘要充腹耐饥，吃饵块或饵丝。汤饵块饵丝，配料与米线同。青莲街逼死坡下，有一家本来是卖甜品的，忽然别出心裁，添卖牛奶饵丝和甜酒饵丝，生意颇好。或曰：饵丝怎么可以吃甜的？然而，饵丝为什么不能吃甜的呢？既然可以有甜酒小汤圆，当然也可以有甜酒饵丝。昆明甜酒味浓，甜酒饵丝香，醇，甜，糯。据本省人说：饵块以腾冲的最好。腾冲炒饵块别名"大救驾"。传南明永历帝朱由榔，败走滇西，至腾冲，饥不得食，土人进炒饵块一器，朱由榔吞食罄尽，说："这可真是救了驾了！"遂有此名。腾冲的炒饵块我吃过，只觉得切得极薄，配料讲究，吃起来与昆明的炒饵块也无多大区别。据云腾冲的饵块乃专用某地出的上等大米舂粉制成，粉质精细，为他处所不及。只有本省人能品尝各地的米质精粗，外省人吃不出所以然。

烧饵块的饵块是米粉制的饼状物，"昆明有三怪，粑粑叫饵块……"指的就是这东西。饵块是椭圆形的，形如北方的牛舌头饼而大，比常人的手掌略长一些，边缘稍厚。烧饵块多在晚上卖。远远听见一声吆唤："烧饵块……"声音高亢，有点凄凉。走近了，就看到一个火盆，置于支脚的架子上，盆中炽着木炭，上面是一个横搭于盆口的铁箅子，饵块平放在箅子上，卖烧饵的用一柄柿油纸扇煽着木炭，炭火更旺了，通红的。昆明人不用葵扇，煽火多用状如葵扇的柿油纸扇。铁箅子前面是几个搪瓷把缸，内装不同的酱，平列在一片木板上。不大一会儿，饵块烧得透了，内层绵软，表面微起薄壳，即用竹片从搪瓷缸中刮出芝麻酱、花生酱、甜面酱、泼了油的辣椒面，依次涂在饵块的一面，对折起来，状如老式木梳，交给顾客。两手捏着，边吃边走，咸、甜、香、辣，并入饥肠。四十余年，不忘此味。我也忘不了那一声凄凉而悠远的吆唤："烧饵块……"

一九八七年，我重回了一趟昆明。昆明变化很大。就拿米线、饵块来说，也有了很大的变化。我住在圆通街，出门到青云街、文林街、凤翥街、华山西路、正义路各处走了走。我没有见到焖鸡米线、爨肉米线、鳝鱼米线、叶子米线。问之本地老人，说这些都没有了。代之而起的是到处都卖肠旺米线。"肠"是猪肠子，"旺"是猪血，西南几省都把猪血叫作"血旺"或"旺子"。肠旺米线四十多年前昆明是没有的，这大概是贵州传过来的。什么时候传来的？为什么肠旺米线能把焖鸡、爨肉……都打倒，变成肠旺米线的一统天下呢？是焖鸡、爨肉没人爱吃？费工？不赚钱？好像也都不是。我实在百思不得其解。

我没有去吃过桥米线，因为本地人告诉我，现在的过桥米线大大不如从前了。没有那样的鸡片、腰片，——没有那样的刀工。没有那样的汤。那样的汤得用肥母鸡才煨得出，现在没有那样的肥母鸡。

烧饵块的饵块倒还有，但是不是椭圆的，变成了圆的。也不像从前那样厚实，镜子样的薄薄一个圆片，大概是机制的。现在还抹那么多种酱吗？还用栎炭火来烧吗？

这些变化是怎么发生的？为什么会发生？

东北风味　辽宁·小吃

端木蕻良

酱肘子

儿时滋味，至今犹存。这种酱肘子，做法别致。也许是由于成本高，费时费工，还得时节相当，所以并不普遍。只是在年幼时看母亲做过，给我留下深刻印象。

在清末民初时代，还没有今天所谓的酱油，只有一种清酱。这就是从酿造豆酱的酱缸里，用勺子舀出来的酱汁儿。后来的酱油可能是日本首先制造出来的，我小时看到家中自大连运来的酱油就是日本造的，原装是一个一尺多高的小木桶，装潢很好看。那时，清酱和酱油这两个词儿还在混用呢。

我的家乡东北，出产大豆是有名的，做酱自然也就有名，几乎和绍兴人做酒一样。一到春夏之交，家家都要做酱，家家都有个大酱缸。做酱的过程就不说了，单说味道鲜美的酱肘子：先把猪肘子选好，洗刷干净，煮熟，然后用干净白布紧紧

110

包裹，塞进酱缸内，腌制一个时期，随吃随取。取出将布撕去，蒸一蒸，切片摆盘，香味四溢，不由你不爱。

玻璃叶饼

家乡有一种树，叶子很大，叶面光滑，反光性很好，乡亲们都叫这树的叶子为玻璃叶。用这种叶子包制的饼，叫玻璃叶饼。

其实，叫它作饼，是并不合适的，它应该叫作糕。它的做法是：将精细的江米面，用水调成较稠的糊状，加进松子仁、瓜子仁、核桃仁、花生仁、杏仁等。揉匀，上屉，摊平，蒸熟；然后切成长方形块状，用洗净、浸泡得柔软的玻璃叶包在外面，接着再放屉上蒸透。每当母亲做玻璃叶饼的时候，锅还没揭开，清香就扑鼻了。我这"老"儿子，优先得到一块母亲怕烫着我而放在小碟子里的玻璃叶饼时，别提有多高兴了。而这饼的清香，至今没有超过它的。

榆荚羹

家乡到处有榆树，暮春时节，柳絮敲帘，榆钱洒地，便见弯腰在地上拣榆钱儿的。胸前挂着布袋，上树捋榆钱儿的、用长杆子敲打榆树钱等等，想获得榆钱儿的行为都出现了；用面粉或棒子面，考究一点的放进鸡蛋，搋和进去制成的各种榆钱儿食品，也上桌了。这在北方农村的人，大都尝过。唯独榆荚羹少见。

　　记得小时，母亲把成熟的榆钱儿集拢来晒干，放在簸箕里搓去干瓣，仅留榆钱心儿，放在锅取炒黄后碾碎，放水调匀，煮成羹，加盐或加糖。味道比桂林的芝麻糊则有过之而无不及。

　　曹雪芹的好友敦诚，为榆荚羹曾作诗一首，收入他的《日松堂集》卷二第十六页，颇有风趣。现抄录于后，作为本文的结束：

　　　　自下盐梅入碧鲜，

　　　　偷风吹散晚厨烟。

　　　　持杯戏向山妻说，

　　　　一箸真成食万钱。

麦饭 [1] 陕西·小吃

陈忠实

按照当今已经注意营养分析的人们的观点，麦饭是属于真正的绿色食物。

我自小就有幸享用这种绿色食物。不过不是具备科学的超前消费的意识，恰恰是贫穷导致的以野菜代粮食的饱腹本能。

早春里，山坡背阴处的积雪尚未退尽消去，向阳坡地上的苜蓿已经从地皮上努出嫩芽来。我掐苜蓿，常和同龄的男女孩子结伙，从山坡上的这一块苜蓿地奔到另一块苜蓿地，这是幼年记忆里最愉快的劳动。

苜蓿芽儿用水淘了，拌上面粉，揉、搅、搓、抖均匀，摊在木屉上，放在锅里蒸熟。出锅后，用熟油拌了，便用碗盛

---

1 原标题是：麦饭——关中民间食谱之一。

着，整碗整碗地吃，拌着一碗玉米糁子熬煮的稀饭，可以省下一个两个馍来。母亲似乎从我有记忆能力时就擅长麦饭技艺。她做得从容不迫，干、湿、软、硬总是恰到好处。我最关心的是，拌到苜蓿里的面粉是麦子面儿还是玉米面儿。麦子面儿俗称白面儿，拌就的麦饭软绵可口，玉米面儿拌成的麦饭就相去甚远了。母亲往往会说，白面儿断顿了，得用玉米面儿拌；你甭不高兴，我会多浇点熟油。我从解知人言便开始习惯粗茶淡饭，从来不敢也不会有奢望寄予；从来不会要吃什么或想吃什么，而是习惯于母亲做什么就吃什么，没有道理也没有解释，贫穷造就的吃食的贫乏和单调是不容选择或挑剔的，也不宽容娇气和任性。

麦子面拌就的头茬苜蓿蒸成的麦饭，再拌进熟油，那种绵长的香味的记忆是无法泯灭的。

按照家乡的风俗禁忌，清明是掐摘苜蓿的终结之日。清明之前，任何人家种植的苜蓿，尽可以由人去掐去摘，主人均是一种宽容和大度。清明一过，便不能再去任何人家的苜蓿地采掐了，苜蓿要作为饲草生长了。

苜蓿之后，我们便盼着槐花。山坡和场边的槐花放白的时候，我便用早已备齐的木钩挑着竹笼去采捋槐花了。

槐花开放的时候，村巷屋院都是香气充溢着。

槐花蒸成的麦饭，另有一番香味，似乎比苜蓿麦饭更可口。这个季节往往很短暂，家家男女端到街巷里来的饭碗里，多是槐花麦饭。

按照今天已经开始青睐绿色食品的先行者们的现代营养意识，我便可以耍一把阿Q式的骄傲，我们祖宗比你阔多了，他们早早都以苜蓿、槐花为食了。

到了难忘的六十年代，家乡的原坡和河川里一切不含毒汁的野菜和野草，包括某些树叶，统统都被大人小孩挖、掐、拔、摘、捋回家去，拌以少许面粉或麸皮，蒸了，食了，已经无油可拌。这样的麦饭已成为主食，成为填充肚腹的坐庄食物。男人女人老人小孩都别无选择，漂亮的脸蛋儿和丑陋的黑脸也无法挑剔，都只能赖此物充饥，延续生命。老人脸黄了肿了，年轻人也黄了肿了，小孩子黄了肿了，漂亮的脸蛋儿黄了肿了时尤为令人叹惋。看来，这种纯粹以绿色野菜野草为食物的实践，却显示出残酷的结果；提醒今天那些以绿色食物为时尚为时髦的先生太太们切勿矫枉过正，以免损害贵体。

近日和朋友到西安大雁塔下的一家陕北风味饭馆就餐，一道"洋芋擦擦"的菜令人费解。吃了一口便尝出味来，便大胆探问，可是洋芋麦饭？延安籍的女老板笑答，对。关中叫麦饭，陕北叫洋芋擦擦。把洋芋擦成丝，拌以上等白面，蒸熟，拌油，仍然沿袭民间如我母亲一样的农家主妇的操作规程。陕北盛产洋芋，用洋芋做成麦饭，原也是以菜代粮，变换一种花样，和关中的麦饭无本质差别。不过，现在由服务生用瓷盘端到餐桌上来的洋芋擦擦或者说洋芋麦饭，却是一道菜，一种商品，一种卖价不低的绿色食品，城里人乐于掏腰包并赞赏不绝的超前保健食品了。

家乡的原野上，苜蓿种植已经大大减少。已经稀罕的苜蓿地，不容许任何人涉足动手掐采。传统的乡俗已经断止。主人一茬接着一茬掐采下苜蓿芽来，用袋装了，用车载了，送到城里的蔬菜市场，卖一把好钱。乡俗断止了，日子好过了，这是现代生活法则。

母亲的苜蓿麦饭、槐花麦饭已经成为遥远而又温馨的记忆。

搅团 [1] 陕西·小吃

陈忠实

家乡灞河川道自古盛产苞谷。由苞谷面儿做的搅团便应运而生，历久不衰，绵延至今。

把新磨下的苞谷面儿，在滚开的铁锅里抛撒，一边撒着，一边用木勺搅动。顺时针搅一阵子，再逆时针搅一阵子。苞谷面儿要一把一把均匀地撒下去，不匀则容易结成搅不开的干面疙瘩。灶锅底下的火不能灭断，灶下大火烧着，锅里撒着搅着，紧张而又热烈，一般均需夫妻二人同时搭手默契配合，才能打出一锅好搅团。搅团这种饭食的操作过程，常常可以看到农家夫妻的温情和爱意。夫妻间闹了气儿，男方或女方企图结束冷战状态，便会提议打搅团。在灶下和锅台上近在咫尺的夫

---

1 原标题是：搅团——关中民间食谱之二。

妻紧密配合中，搅团打成了，夫妻关系也重修旧好了。

这种搅团，说白了，不过是一锅糨糊。

然而，绝对区别于一般的糨糊。

一锅用苞谷面打成的糨糊。

一般的糨糊，必须用麦子面打成才黏。苞谷面黏力不足，即使农家主妇双手抱着木柄大勺搅动，那搅团只增加筋道却不甚黏糊。所以，地道的搅团必以苞谷面为原料。麦子面打出的反而真成了糨糊。

苞谷面搅团千家万户的锅里打出来的大同小异，区别在于臊子。最简单的是用好醋好酱调汤，伴以葱花蒜泥佐味，有香油滴入自然更好。复杂一点的是用臊子浇汤。用荠菜做汤浇到搅团碗里，野味鲜味俱佳。最复杂的臊子，在关中东府如同臊子面的臊子做法一样，肉丁红白萝卜丁黄花木耳等烩成臊子，浇到搅团之上，那是超常享受了。以上均为热搅团。

搅团凉吃亦很别致。用勺舀到可以下漏的竹篮里，轻压轻挤，搅团便像一条条小鱼或更像蝌蚪一样漏进盛水的盆里。再捞出来，调进酸辣调味品，口感好极了，怀娃娃的孕妇尤好此食。再把搅团晾在案板上，摊平，冷却后切成小块，调了油盐酱醋，作为喝稀饭的佐菜。一边是热烫的苞谷糁子稀饭，一边是冰凉可口的搅团，男女皆好此一热一冷的刺激。还有烩搅团，不再赘述。

无论热吃凉吃烩了吃，谁都明白，只是把苞谷这种粗粮变一个花样以图好进口罢了。

少年和青年时期，粗粮为主，苞谷坐庄。苞谷稀饭苞谷馍馍，一天三顿均为黄颜色的苞谷做成的饭食，民间戏谑：早上苞谷吃，晌午苞谷喝，晚上苞谷把皮脱。搅团便是把难吃的苞谷面儿变一种饭食花样。农村孩子，没有谁能逃躲苞谷饭食的，自然也逃躲不了搅团。

搅团又被乡人戏称"哄上坡"。说它耐不得饥，易消化。肚子吃得膨胀，干活去走到坡上就又饿了。我曾经发过誓，如果能有福分不吃搅团，我将永远不再想它。

当我和乡民都以白面为主食的日子到来时，过了几年，却想吃搅团了，真是不曾料到。随着年岁递增，对这种曾经厌腻透了的饭食更多一层回味与依恋。

到渭南市，作家李康美约我到他家吃饭，我首选搅团。李夫人买来新磨的苞谷面儿，味道真是好极了。

到咸阳市，作家文兰约我吃饭，我仍然首推搅团。文兰又约来作家叶广芩，说她已早有约求，待有搅团吃时一定相告。叶广芩有清室皇家血统，想品尝关中民间饭食，自然除了新鲜，还有体验民情之美意。不料，我等吃得满头大汗口香腹胀仍不想丢碗筷，叶氏广芩却一脸茫然，感叹：我就一种感觉——猫吃糨子嘛！

陕西省作家协会院内有一家搅团专业户，便是文学评论家李星。平均每周至少打一次搅团，从春吃到夏，吃到秋再吃到冬，全以时令蔬菜做汤拌着。我等想吃搅团，便先告知一声，多撒一把苞谷面儿。或是在楼下闻到搅团锅底烧着了的香味，便直接上楼去讨一碗吃。人说，李星写了大半辈子文学评论，打了半辈子搅团。

搅团而今也被开发被提升到大小饭店的食谱上，卖得一手好价，真是大出我半生之意料，惊疑今天富裕了的人疯了。

馕的事

新疆·小吃

李娟

　　在昼长夜短的夏日，规律的生活令大家的空闲时间突然多了起来。我们陆续完善着以毡房为中心，辐射半径约一百米的生活区（多么阔气）。斯马胡力一有空就在山脚下溪水边修补小牛圈。扎克拜妈妈则决定在山坡朝西一侧挖一个新的馕坑。

　　用馕坑烤馕就方便多了。再也不用把锅盖、锡盆之类的器具围着火坑摆一圈，边烤边挨个揭开盖子查看进度。还得不时地挪换角度，免得一边烤煳了，另一边还是生的。

　　妈妈扛着铁锨沿着山坡上上下下走了好几趟，四处巡视。最后才选中了一块地方，挥起铁锨挖起坑来。

　　我指着前面不远处说："那不是有个现成的吗？"——那个馕坑在我每天提水的必经之路上，每次路过都会坐在旁边休息一会儿。它是以前在附近驻扎过的人家用薄石板砌的，年代久远，方方正正，结实又整齐，像在山坡上打开了一个古老的抽屉。

妈妈撇撇嘴："那个不好。"

虽然我看不出有什么不好的，但想到妈妈是老把式嘛，肯定自有其道理。

她挖了好一会儿，觉得尺寸差不多了才停下来。然后领着我四处寻找用来垫坑底和四壁的薄石板。

那种薄石板在我们来冬库尔的途中随处可见。高高低低地翻出山体，一片挨一片直立在山顶。那是片岩在地震后保持的形态。大多都跟预制板一样厚，却远比预制板整洁光滑。用它砌成的馕坑，跟砖砌的一样漂亮。很多人家的羊圈围栏也是用这种石板搭的。

别提了，不用的时候觉得到处可见，要用的时候却又遍寻不着。可能这附近的地质结构不一样吧。

于是妈妈决定拆掉那个老馕坑的石板，重复利用。她再次挥舞着铁锹挖啊挖啊。好不容易才把那个结实的馕坑破坏掉，又费了好大劲儿才掀开石板。我们俩一起哼哧哼哧地把石板一块一块抬到新挖的坑边，试着铺进去。

接下来又折腾大半天，妈妈终于意识到诸多困难难以克服，便毫不惭愧地做了决定：那么就使用原来那个坑吧！

于是我们两个再哼哧哼哧把石板抬回原来的地方，满头大汗地修补挖破的老坑，试图将石板放回原来的位置，希望能恢复一点点原貌。

馕坑倒是恢复了，但原貌绝对没有。原先的馕坑光洁整齐，结实漂亮，且时间久远，顶上长满了青草，已经与四周环境融为一体了。惨遭破坏后，附近草皮全翻开了，石板砌得歪歪斜斜，四下补得破破烂烂。远远望去，这个馕坑突兀而不自在地蹲在山坡草地上，无处躲藏的样子。

　　到了晚上临睡的时候，妈妈对我抱怨道："累死了，李娟！今天的劳动太多了，李娟！"

　　我一边给她捶背一边心想：其实大部分劳动都完全没必要嘛……

　　第二天，妈妈开始用新馕坑打馕了！

　　馕坑就是一个挖在山坡侧面的洞口，一米多深，像火柴匣一样侧面开口，便于放柴火。馕坑尽头垂直挖了通道，通往地面，算是烟囱。也就是说，馕坑就是一个放不了锅的炉灶结构。

　　只见妈妈先用小树枝在馕坑里生起火，又放了三根碗口粗细的大木头进去，让它们慢慢地烧。这才回家不慌不忙地和面。

　　妈妈揉的面团很硬。要是我的话，这么硬根本就揉不动。她把面团放在矮桌上，大幅度地展开双臂，全力以赴。面团在桌面上沉重地碾来碾去，把桌子碾得干干净净（……）。桌腿左摇右晃，重压之下似乎快要散架了。

　　和好的面不用发酵就直接烤，不知是不是扎克拜妈妈家独有的传统。我倒是非常喜欢这样的死面大饼，香极了。发酵过的面食，新鲜的时候吃着松软适口，却不能久放，时间长了就变得难吃。

面揉好后，妈妈把面分成几团，拍成一张张大饼盛放在一个个托盘里。我俩一人捧着三个托盘，一前一后心情愉快地向着远处碧绿草地上的馕坑走去。

托盘大大小小一共六个，全都是敲平的铝锅盖。也不知哪来这么多锅盖，我们家的锅一共才三个。

后来才知道，这些托盘平时都是作为锅盖扣在锅上的。需要烤馕时，妈妈就拿着大榔头砰砰砰地将其砸得平平展展，四边呈放射状裂开，便成了托盘。哪天又需要它们成为锅盖的时候，妈妈再用大榔头砸回原样。

到了地方，我们先把托盘放到草地上。妈妈俯身观察馕坑里的情况。看到木头已经烧得干干净净，只剩满坑的焦炭，她便满意地抿着嘴叭叭吸气。

她先用铁钩把簇成一堆的木炭扒开、摊平，使之均匀铺在馕坑里，又将多余的热炭铲出来铺在馕坑上部的石板上，还没忘在馕坑四周的泥土上也撒了一些炭。然后唤我将托盘挨个递给她。她用铁锹接住，一个一个送往馕坑深处，最后用一大块旧毡片蒙住入口，压上石头。我忍不住有些担心，毡子会不会给烧煳了？再一想，妈妈如此这般不知烤了多少年的馕了，肯定自有经验，不必多虑。

结果，真的烧煳了好几个洞……我记得这块毡片是某位骆驼的衣服。可怜的骆驼，这么冷的天却没衣服穿了，往后到了更冷的深山夏牧场又该怎么办……

才开始很难相信这样就能把馕烤熟。毕竟火都烧了大半天了，等和好那一大团面，又熄灭了很久。木炭看上去黑乎乎的，全然没有温度似的（总觉得有温度的木炭应该是通红明亮的），但不小心踩到滚落坑边的一小块炭，胶鞋底立刻烫了一个小窟窿，炭粒也嵌了进去，踢半天才踢掉。这才知道馕坑里一定温度极高。

如此这般烤了一个小时，馕全烤煳了……

上黑下黑，四面全黑。

早不来，晚不来，偏偏这时候来了两个客人。看到我们的惨状，也不太好发表意见，也不好笑出声来（估计他们回去后肯定会快乐地对老婆说：扎克拜家的馕像是被大火烧了三天三夜）。而我们也顾不上哀叹了，赶紧放下黑馕招待起客人来，摆桌子的摆桌子，铺餐布的铺餐布，倒茶的倒茶。

招待客人肯定要上漂亮馕了。但漂亮馕是旧馕，硬邦邦的，客人吃着也未必开心。我们自己则吃黑馕，把煳掉的一层用刀子刮掉。嗯，至少里面的瓤还是洁白细腻的。热乎乎的，真香啊。

但是哪怕煳掉的一层壳全削去了，斯马胡力仍拒绝吃，抱怨个没完。全家就他事儿最多。

成功来自于经验。第二次烤馕时，妈妈不但少加了一根粗柴，时间也大大缩短，四十分钟不到就取出来了。

哎！这次烤的馕可真漂亮啊，圆滚滚的，厚墩墩的。四面金黄，香气扑鼻。

没有馕坑的时候，妈妈曾尝试用炒菜的铁锅盛着面团放进门口熬过牛奶的火坑灰烬里烤馕。结果也失败了，烤出来的馕一面煳了，另一面还是白的，看上去跟生的一样。但我还是觉得很好吃。

另外，由于铁锅是尖底的嘛，烤出来的馕也是尖的，形状像个大汤盆，可以盛一大碗汤了。幸好这样的馕只打了一个。我们自己赶紧吃了，不敢让客人看到。

好在各种奇形怪状的馕毕竟属于少数的意外。大部分时候妈妈异常小心，总是念叨："要是老汉（沙阿爸爸）在，看到黑黑的馕，又要骂我了……"我觉得很有趣，妈妈这把年纪了还会挨骂啊。年轻时候说不定和卡西一样调皮任性。

除了上述方法之外，妈妈还有一个绝妙的、永远不用担心火候把握不准的烤馕办法。

这一天，由于熬了整整一下午胡尔图汤，不停烧柴，火坑里堆积了厚厚一层柴灰。妈妈说要用这柴灰烤馕。她用铁钩把柴灰扒平，将事先揉好的面团拍成一张厚厚圆圆的大饼，然后——非常惊人地——直接平铺在滚烫的热灰上。面饼立刻在热热软软的柴灰上陷了下去。她再用铁钩扒动面团四周的柴

126

灰，使之完全盖住面饼，捂得严严实实。一个多小时后，妈妈扒开冷却下来的柴灰——啊，金黄的馕！她用抹布把馕擦得干净夺目。喝茶的时候，还切下来一小块单独给我一个人吃，因为只有我从没吃过这样的馕。

——天啦，实在太好吃了！哎，虽然我总在不停地为一些事情惊叹，但每一次真的都是真心的……总之，那些馕坑打出来的啊，铁盆烤出来的啊，统统被甩了几条街。大约由于柴灰冷却有一个缓慢从容的过程，馕沿着完美的抛物线均匀平滑地成熟，食物的美味最大限度地向内聚拢，完整敛入馕壳之中。这样的馕，虽然瓤也是柔软细腻的，但外壳厚实多了，且酥酥脆脆，口感亲切质朴。

只是，在吃的时候，我实在受不了斯马胡力和卡西艳羡的目光，于是只吃了几口就把剩下的掰成两半分给了兄妹俩。两人毫不客气地接过去，似乎早就等待我这一举动了。

遗憾的是，这种绝妙的办法一次只能烤一只馕（还不够兄妹俩一顿吃的）。况且也不是每天都能产生那么多柴灰，所以不能经常使用。

不用锅就能制作食物——真是神奇。突然想起曾经听人说过，以前的哈萨克族人出远门放羊比现在更为艰辛。孤身一人，一出门就是十天半月的，除了干馕，再无其他食品。也没法随身带沉重的铁锅。只能背一只轻便的、以整木凿空制作的小木桶，用于取水。平时也没有热食。如果感觉到身体状况衰弱，就顺手牵过一头母羊，把奶水挤进木桶。然后生起火堆，焚烧几块卵石，烧至滚烫直接投入羊奶中，一会儿奶就沸了。据说这个法子烧开的羊奶远比铁锅煮出来的香。

而天寒地冻的日子里需要进补肉食补充热量时，荒野中的牧人便就地宰羊。剥了皮，卸下肉块。再把新鲜的羊肚剥出来翻个面，光滑的一面（没有食物残渣的一面）朝里，塞进揉了盐的肉块，扎紧口子。再在大地上挖个坑埋了。然后在地面上生起火堆烤手烤脚。等身上暖和过来了，再把下面的羊肚扒出来剥开……哎！那样的鲜嫩美味，只想象一番都觉得过瘾。

安闲
岁月

南北的点心

香果·茶点

周作人

中国地大物博，风俗与土产随地各有不同，因为一直缺少人记录，有许多值得也是应该知道的事物，我们至今不能知道清楚，特别是关于衣食住的事项。我这里只就点心这个题目，依据浅陋所知，来说几句话，希望抛砖引玉，有旅行既广、游历又多的同志们，从各方面来报道出来，对于爱乡爱国的教育，或者也不无小补吧。

我是浙江东部人，可是在北京住了将近四十年，因此南腔北调，对于南北情形都知道一点，却没有深厚的了解。据我的观察来说，中国南北两路的点心，根本性质上有一个很大的区别。简单地下一句断语，北方的点心是常食的性质，南方的则是闲食。

我们只看北京人家做饺子馄饨面总是十分苗实，馅绝不考究，面用芝麻酱拌，最好也只是炸酱；馒头全是实心。本来是代饭用的，只要吃饱就好，所以并不求精。

若是回过来走到东安市场，往五芳斋去叫了来吃，尽管是同样名称，做法便大不一样，别说蟹黄包子，鸡肉馄饨，就是一碗三鲜汤面，也是精细鲜美的。可是有一层，这绝不可能吃饱当饭，一则因为价钱比较贵，二则昔时无此习惯。

抗战以后上海也有阳春面，可以当饭了，但那是新时代的产物，在老辈看来，是不大可以为训的。我母亲如果在世，已有一百岁了，她生前便是绝对不承认点心可以当饭的，有时生点小毛病，不喜吃大米饭，随叫家里做点馄饨或面来充饥，即使一天里仍然吃过三回，她却总说今天胃口不开，因为吃不下饭去，因此可以证明那馄饨和面都不能算是饭。这种论断，虽然有点儿近于武断，但也可以说是有客观的佐证，因为南方的点心是闲食，做法也是趋于精细鲜美，不取苗实一路的。

上文五芳斋固然是很好的例子，我还可以再举出南方做烙饼的方法来，更为具体，也有意思。我们故乡是在钱塘江的东岸，那里不常吃面食，可是有烙饼这物事。这里要注意的，是"烙"不读作"老"字音，乃是"洛"字入声，又名为山东饼，这证明原来是模仿大饼而做的，但是烙法却大不相同了，乡间卖馄饨面和馒头都分别有专门的店铺，唯独这烙饼只有摊，而且也不是每天都有，这要等待哪里有社戏，才有几个摆在戏台附近，供看戏的人买吃，价格是每个制钱三文，计油条价二文，葱酱和饼只要一文罢了。做法是先将原本两折的油条

131

扯开，改作三折，在熬盘上烤焦，同时在预先做好的直径约二寸、厚约一分的圆饼上，满搽红酱和辣酱，撒上葱花，卷在油条外面，再烤一下，就做成了。它的特色是油条加葱酱烤过，香辣好吃，那所谓饼只是包裹油条的东西，乃是客而非主，拿来与北方原来的大饼相比，厚大如茶盘，卷上黄酱与大葱，大嚼一张，可供一饱，这里便显出很大的不同来了。

上边所说的点心偏于面食一方面，这在北方本来不算是闲食吧。此外还有一类干点心，北京称为饽饽，这才当作闲食，大概与南方并无什么差别。但是这里也有一点不同，据我的考察，北方的点心历史古，南方的历史新，古者可能还有唐宋遗制，新的只是明朝中叶吧。点心铺招牌上有常用的两句话，我想借来用在这里，似乎也还适当，北方可以称为"官礼茶食"，南方则是"嘉湖细点"。

我们这里且来作一点烦琐的考证，可以多少明白这时代的先后。查清顾张思的《土风录》卷六，"点心"条下云："小食曰点心，见吴曾《漫录》。唐郑傪为江淮留后，家人备夫人晨馔，夫人谓其弟曰：'治妆未毕，我未及餐，尔且可点心。'俄而女仆请备夫人点心，傪诉曰：'适已点心，今何得又请！'"由此可知点心古时即是晨馔。同书又引周辉《北辕录》云："洗漱冠栉毕，点心已至。"后文说明点心中馒头馄饨包子等，可知说的是水点心，在唐朝已有此名了。

茶食一名，据《土风录》云："干点心曰茶食，见宇文懋昭《金志》：'婿先期拜门，以酒馔往，酒三行，进大软脂小软脂，如中国寒具，又进蜜糕，人各一盘，曰茶食。'"《北辕录》云："金国宴南使，未行酒，先设茶筵，进茶一盏，谓之茶食。"茶食是喝茶时所吃的，与小食不同，大软脂，大抵有如蜜麻花，蜜糕则明系蜜饯之类了。从文献上看来，点心与茶食两者原有区别，性质也就不同，但是后来早已混同了。本文中也就混用，那招牌上的话也只是利用现代文句，茶食与细点作同义语看，用不着再分析了。

我初到北京来的时候，随便在饽饽铺买点东西吃，觉得不大满意，曾经埋怨过这个古都市，积聚了千年以上的文化历史，怎么没有做出些好吃的点心来。老实说，北京的大八件小八件，尽管名称不同，吃起来不免单调，正和五芳斋的前例一样，东安市场内的稻香村所做的南式茶食，并不齐备，但比起来也显得花样要多些了。

过去时代，皇帝向在京里，他的享受当然是很豪华的，却也并不曾创造出什么来，北海公园内旧有"仿膳"，是前清御膳房的做法，所做小点心，看来也是平常，只是做得小巧一点而已。南方茶食中有些东西，是小时候熟悉的，在北京都没有，也就感觉不满足，例如糖类的酥糖、麻片糖、寸金糖，片类的云片糕、椒桃片、松仁片，软糕类的松子糕、枣子糕、蜜仁糕、橘红糕等。此外有缠类，如松仁缠、核桃缠，乃是在干果上包糖，算是上品茶食，其实倒并不怎么好吃。

南北点心粗细不同，我早已注意到了，但这是怎么一个系统，为什么有这差异？那我也没有法子去查考，因为孤陋寡闻，而且关于点心的文献，实在也不知道有什么书籍。但是事有凑巧，不记得是哪一年，或者什么原因了，总之见到几件北京的旧式点心，平常不大碰见，样式有点别致的，这使我忽然大悟，心想这岂不是在故乡见惯的"官礼茶食"吗？

故乡旧式结婚后，照例要给亲戚本家分"喜果"，一种是干果，计核桃、枣子、松子、榛子，讲究的加荔枝、桂圆。又一种是干点心，记不清它的名字。查范寅《越谚》饮食门下，记有金枣和珑缠豆两种，此外我还记得有佛手酥、菊花酥和蛋黄酥等三种。这种东西，平时不易销，店铺里也不常备，要结婚人家订购才有，样子虽然不差，但材料不大考究，即使是可以吃得的佛手酥，也总不及红绫饼或梁湖月饼，所以喜果送来，只供小孩们胡乱吃一阵，大人是不去染指的。可是这类喜果却大抵与北京的一样，而且结婚时节非得使用不可。云片糕等虽是比较要好，却是绝不使用的。这是什么理由？这一类点心是中国旧有的，历代相承，使用于结婚仪式。一方面时势转变，点心上发生了新品种，然而一切仪式都是守旧的，不轻易容许改变，因此即使是送人的喜果，也有一定的规矩，要定做现今市上不通行了的物品来使用。同是一类茶食，在甲地尚在通行，在乙地已出了新的品种，只留着用于"官礼"，这便是南北点心情形不同的原因了。

上文只说得"官礼茶食",是旧式的点心,至今流传于北方。至于南方点心的来源,那还得另行说明。"嘉湖细点"这四个字,本是招牌和仿单上的口头禅,现在正好借用过来,说明细点的起源。因为据我的了解,那时期当为前明中叶,而地点则是东吴西浙,嘉兴湖州正是代表地方。我没有文书上的资料,来证明那时吴中饮食丰盛奢华的情形,但以近代苏州饮食风靡南方的事情来作比,这里有点类似。

明朝自永乐以来,政府虽是设在北京,但文化中心一直还是在江南一带。那里官绅富豪生活奢侈,茶食一类也就发达起来。就是水点心,在北方作为常食的,也改做得特别精美,成为以赏味为目的的闲食了。这南北两样的区别,在点心上存在得很久,这里固然有风俗习惯的关系,一时不易改变;但在"百花齐放"的今日,这至少该得有一种进展了吧。其实这区别不在于质而只是量的问题,换一句话即是做法的一点不同而已。我们前面说过,家庭的鸡蛋炸酱面与五芳斋的三鲜汤面,固然是一例。此外则有大块粗制的窝窝头,与"仿膳"的一碟十个的小窝窝头,也正是一样的变化。

北京市上有一种爱窝窝,以江米煮饭捣烂(即是糍粑)为皮,中裹糖馅,如元宵大小。李光庭在《乡言解颐》中说明它的起源云:"相传明世中宫有嗜之者,因名御爱窝窝,今但曰爱而已。"这里便是一个例证,在明清两朝里,窝窝头一件食品,便发生了两个变化了。本来常食闲食,都有一定习惯,不易轻轻更变，在各处都一样是闲食的干点心则无妨改良一点做法，做得比较精美，在人民生活水平日益提高的现在，这也未始不是切合实际的事情吧。国内各地方，都富有不少有特色的点心，就只因为地域所限，外边人不能知道，我希望将来不但有人多多报道，而且还同土产果品一样，陆续输到外边来，增加人民的口福。

北京的茶食

香果·茶点

周作人

在东安市场的旧书摊上买到一本日本文章家五十岚力的《我的书翰》，中间说起东京的茶食店的点心都不好吃了，只有几家如上野山下的空也，还做得好点心，吃起来馅和糖及果实浑然融合，在舌头上分不出各自的味来。想起德川时代江户的二百五十年的繁华，当然有这一种享乐的流风余韵流传到今日，虽然比起京都来自然有点不及。

北京建都已有五百余年之久，论理于衣食住方面应有多少精微的造就，但实际似乎并不如此，即以茶食而论，就不曾知道什么特殊的有滋味的东西。固然我们对于北京情形不甚熟悉，只是随便撞进一家饽饽铺里去买一点来吃，但是就撞过的经验来说，总没有很好吃的点心买到过。难道北京竟是没有好的茶食，还是有而我们不知道呢？这也未必全是为贪口腹之欲，总觉得住在古老的京城里吃不到包含历史的精练的或颓废

137

的点心是一个很大的缺陷。北京的朋友们，能够告诉我两三家做得上好点心的饽饽铺吗？

我对于二十世纪的中国货色，有点不大喜欢，粗恶的模仿品，美其名曰国货，要卖得比外国货更贵些。新房子里卖的东西，便不免都有点怀疑，虽然这样说好像遗老的口吻，但总之关于风流享乐的事我是颇迷信传统的。我在西四牌楼以南走过，望着异馥斋的丈许高的独木招牌，不禁神往，因为这不但表示它是义和团以前的老店，那模糊阴暗的字迹又引起我一种焚香静坐的安闲而丰腴的生活的幻想。我不曾焚过什么香，却对于这件事很有趣味，然而终于不敢进香店去，因为怕他们在香盒上已放着花露水与日光皂了。

我们于日用必需的东西以外，必须还有一点无用的游戏与享乐，生活才觉得有意思。我们看夕阳，看秋河，看花，听雨，闻香，喝不求解渴的酒，吃不求饱的点心，都是生活上必要的——虽然是无用的装点，而且是愈精练愈好。可怜现在的中国生活，却是极端的干燥粗鄙，别的不说，我在北京彷徨了十年，终未曾吃到好点心。

上海的茶楼

香果·茶点

郁达夫

茶，当然是中国的产品，《尔雅》释槚为苦茶，早采为茶，晚采为茗。《茶经》分门别类，一曰茶，二曰槚，三曰蔎，四曰茗，五曰荈。《神农食经》说茗茶宜久服，令人有力、悦志。华佗《食论》，也说苦茶久食，益意思。因此中国人，差不多人人爱吃茶，天天要吃茶；柴米油盐酱醋茶，至将茶列入了开门七件事之一，为每人每日所不能缺的东西。

外国人的茶，最初当然也系由中国输入的奢侈品，所谓梯、泰（Tea、Thé）等音，说不定还是闽粤一带土人呼茶的字眼，日记大家Pepys[1]头一次吃到茶的时候，还娓娓说到它的滋味性质，大书特书，记在他的那部可宝贵的日记里。外国人

1　佩皮斯（1633—1703），英国作家，以1660—1669年的日记闻名。

尚且推崇得如此，也难怪在出产地的中国，遍地都是卢仝、陆羽的信徒了。

茶店的始祖，不知是哪个人；但古时集社，想来总也少不了茶茗的供设；风传到了晋代，嗜茶者愈多，该是茶楼酒馆的极盛之期。以后一直下来，大约世界越乱，国民经济越不充裕的时候，茶馆店的生意也一定越好。何以见得？因为价廉物美，只消有几个钱，就可以在茶楼住半日，见到许多友人，发些牢骚，谈些闲天的缘故。

上面所说的，是关于茶及茶楼的一般的话；上海的茶楼，情形却有点儿不同，这原也像人口过多，五方杂处的大都会中常有的现象，不过在上海，这一种畸形的发达更要使人觉得奇怪而已。

上海的水陆码头，交通要道，以及人口密聚的地方的茶楼，顾客大抵是帮里的人。上茶馆里去解决的事情，第一是是非的公断，即所谓吃讲茶；第二是拐带的商量，女人的跟人逃走，大半是借茶楼为出发地的；第三，才是一般好事的人去消磨时间。所以上海的茶楼，若没这一批人的支持，营业是维持不过去的；而全上海的茶楼总数之中，以专营业这一种营业的茶店居五分之四；其余的一分，像城隍庙里的几家，像小菜场附近的有些，才是名副其实，供人以饮料的茶店。

譬如有某先生的一批徒弟，在某处做了一宗生意，其后更有某先生的同辈的徒弟们出来干涉了，或想分一点肥，或是牺牲者请出来的调人，或者竟系在当场因两不接头而起冲突的诸事件发生之后，大家要开谈判了，就约定时间，约定伙伴，一起上茶馆里去。这时候，参集的人，自然是愈多愈好，文讲讲不下来，改日也许再去武讲的；比他们长一辈的先生们，当然要等到最后不能解决的时候，才来上场。

这些帮里的人，也有着便衣的巡捕，也有穿私服的暗探，上面没有公事下来，或牺牲者未进呈子之先，他们当然都是那一票生意经的股东。这是吃讲茶的一般情形，结果大抵由理屈者方面惠茶钞，也许更上饭馆子去吃一次饭都说不定。至于赎票、私奔，或拐带等事情的谈判，表面上的当事人人数自然还要减少；但周围上下，目光炯炯，侧耳探头，装作毫不相干的神气，或坐或立地埋伏在四面的人，为数却也绝不会少，不过紧急事情不发生，他们就可以不必出来罢了。从前的日升楼，现在的一乐天、仝羽居、四海升平楼等大茶馆，家家虽则都有禁吃讲茶的牌子挂在那里，但实际上顾客要吃起讲茶来，你又哪里禁止得他们住？

除了这一批有正经任务的短帮茶客之外，日日于一定的时间来一定的地方做顾客的，才是真正的卢仝陆羽们。他们大抵是既有闲而又有钱的上海中产的住民；吃过午饭，或者早晨一早，他们的两只脚，自然向走熟的地方走。看报也在那里，吃点点心也在那里，与日日见面的几个熟人谈推背图的实现，说东洋人的打仗，报告邻右一家小户人家的公鸡的生蛋也就在那里。

物以类聚，地借人传，像在跑马厅的附近，顾客的性质与种类自然又各别了。城隍庙的境内的许多茶店，多半是或系弄古玩，或系养鸟儿，或者也有专喜欢听说书的专家茶客的集会之所。像湖心亭、春风得意楼等处，虽则并无专门的副作用留存着在，可是有时候，却也会集茶客的大成，坐得济济一堂，把各色有专门嗜好的茶人来尽吸在一处的。

至如有女招待的吃茶处，以及游戏场的露天茶棚之类，内容不同，顾客的性质与种类自然又各别了。

上海的茶店业，既然发达到了如此的极盛，自然，随茶店而起的副业，也要必然地滋生出来。第一，卖烧饼、油包，以及小吃品的摊贩，当然是等于眉毛之于眼睛一样，一定是家家茶店门口或近处都有的。第二，是卖假古董小玩意儿的商人了，你只教在热闹市场里的茶楼上坐他一两个钟头，像这一种小商人起码可以遇见到十人以上。第三，是算命、测字、看相的人。第四，这总算是最新的一种营养者，而数目却也最多，就是航空奖券的推销员。至如卖小报、拾香烟蒂头，以及糖果香烟的叫卖人等，都是这一游戏场中所共有的附属物，还算不得上海茶楼的一种特点。

还有茶楼的夜市，也是上海地方最著名的一种色彩。小时候在乡下，每听见去过上海的人，谈到四马路青莲阁四海升平楼的人肉市场，同在听《天方夜谭》一样，往往不能够相信。现在因国民经济破产，人口集中都市的结果，这一种肉阵的排列和拉撕的悲喜剧，都不必限于茶楼，也不必限于四马路一角才看得见了，所以不谈。

成都的茶铺 [1]

香果·茶点

李劼人

茶铺，这倒是成都城内的特景。全城不知道有多少，平均下来，一条街总有一家。有大有小，小的多半在铺子上摆二十来张桌子；大的或在门道内，或在庙宇内，或在人家祠堂内，或在什么公所内，桌子总在四十张以上。

茶铺，在成都人的生活上具有三种作用：一种是各业交易的市场。货色并不必拿去，只买主卖主走到茶铺里，自有当经纪的来同你们做买卖，说行市；这是有一定的街道，一定的茶铺，差不多还有一定的时间。这种茶铺的数目并不太多。

一种是集会和评理的场所。不管是固定的神会、善会，或是几个人几十个人要商量什么好事或歹事的临时约会，大抵都

1　节选自长篇小说《暴风雨前》，标题为编者所加。

约在一家茶铺里，可以彰明较著地讨论、商议，乃至争执；要说秘密话，只管用内行术语或者切口，也没人来过问。假使你与人有了口角是非，必要分个曲直，争个面子，而又不喜欢打官司，或是作为打官司的初步，那你尽可邀约些人，自然如韩信将兵，多多益善——你的对方自然也一样的。——相约到茶铺来。如其有一方势力大点，一方势力弱点，这理很好评，也很好解决，大家声势汹汹地吵一阵，由所谓中间人两面敷衍一阵，再把势弱的一方数说一阵，就算他的理输了。输了，也用不着赔礼道歉，只将两方几桌或十几桌的茶钱一并开销了事。如其两方势均力敌，而都不愿认输，则中间人便也不说话，让你们吵，吵到不能下台；让你们打，打的武器，先之以茶碗，继之以板凳，必待见了血，必待惊动了街坊怕打出人命，受拖累，而后街差啦，总爷啦，保正啦，才跑了来，才恨住吃亏的一方，先赔茶铺损失。这于是堂倌便忙了，架在楼上的破板凳，也赶快偷搬下来了，藏在柜房桶里的陈年破烂茶碗，也赶快偷拿出来了，如数照赔。所以差不多的茶铺，很高兴常有人来评理，可惜自从警察兴办以来，茶铺少了这项日常收入，而必要如此评理的，也大感动辄被挡往警察局去之寂寞无聊。这就是首任警察局总办周善培这人最初与人以不方便，而最初被骂为周秃子的第一件事。

另一种是普遍地作为中等以下人家的客厅或休息室。不过只限于男性使用，坤道人家也进了茶铺，那与钻烟馆的一样，

145

必不是好货；除非只是去买开水端泡茶的，则不说了。下等人家无所谓会客与休息地方，需要茶铺，也不必说。中等人家，纵然有堂屋，堂屋之中，有桌椅，或者竟有所谓客厅书房，家里也有茶壶茶碗，也有泡茶送茶的什么人；但是都习惯了，客来，顶多说几句话，假使认为是朋友，就必要约你去吃茶。这其间有三层好处。第一层，是可以提高嗓子，无拘无束地畅谈，不管你说的是家常话，要紧话，或是骂人，或是谈故事，你尽可不必顾忌旁人，旁人也断断不顾忌你。因此，一到茶铺门前，便只听见一派绝大的嗡嗡，而夹杂着堂倌高出一切的声音在大喊："茶来了！……开水来了！……茶钱给了！……多谢啦！……"第二层，无论春夏秋冬，假使你喜欢打赤膊，你只管脱光，比在人家里自由得多；假使你要剃头，或只是修脸打发辫，有的是待诏，哪怕你头屑四溅，短发乱飞，飞溅到别人茶碗里，通不妨事，因为"卫生"这个新名词虽已输入，大家也只是用作取笑的资料罢了；至于把袜子脱下，将脚伸去蹬在修脚匠的膝头上，这是桌子底下的事，更无碍矣。第三层，如其你无话可说，尽可做自己的事，无事可做，尽可抱着膝头去听隔座人谈论，较之无聊赖地呆坐家中，既可以消遣辰光，又可以听新闻，广见识，而所谓吃茶，只不过存名而已。

如此好场合，假使花钱多了，也没有人常来。而当日的价值：雨前毛尖每碗制钱三文，春茶雀舌每碗制钱四文，还可以搭用毛钱。并且没有时间限制，先吃两道，可以将茶碗移在桌子中间，向堂倌招呼一声："留着！"隔一二小时，你仍可去吃。只要你灌得，一壶水两壶水满可以的，并且是道道圆。

不过，茶铺都不很干净。不大的黑油面红油脚的高桌子，大都有一层垢腻，桌栓上全是抱膝人踏上去的泥污，坐的是窄而轻的高脚板凳。地上千层泥高高低低；头上梁桁间，免不了既有灰尘，又有蛛网。茶碗哩，一百个之中，或许有十个是完整的，其余都是千巴万补的碎瓷。而补碗匠的手艺也真高，他能用多种花色不同的破茶碗，并合拢来，不走圆与大的样子，还包你不漏。也有茶船，黄铜皮捶的，又薄又脏。

总而言之，坐茶铺，是成都人若干年来就形成了的一种生活方式。

黑"列巴"和白盐

萧红

　　玻璃窗子又慢慢结起霜来，不管人和狗经过窗前，都辨认不清楚。

　　"我们不是新婚吗？"他这话说得很响，他唇下的开水杯起一个小圆波浪。他放下杯子，在黑面包上涂一点白盐送下喉去。大概是面包已不在喉中，他又说："这不正是度蜜月吗！"

　　"对的，对的。"我笑了。

　　他连忙又取一片黑面包，涂上一点白盐，学着电影上那样度蜜月，把涂盐的"列巴"先送上我的嘴，我咬了一下，而后他才去吃。一定盐太多了，舌尖感到不愉快，他连忙去喝水："不行不行，再这样度蜜月，把人咸死了。"

　　盐毕竟不是奶油，带给人的感觉一点也不甜，一点也不香。我坐在旁边笑。

　　光线完全不能透进屋来，四面是墙，窗子已经无用，像封闭了的洞门似的，与外界绝对隔离开。天天就生活在这里边。素食，有时候不食，好像传说上要成仙的人在这地方苦修苦炼。很有成绩，修炼得倒是不错了，脸也黄了，骨头也瘦了。我的眼睛越来越扩大，他的颊骨和木块一样突在腮边。这些功夫都做到，只是还没成仙。

"借钱""借钱"，郎华每日出去"借钱"。他借回来的钱总是很少，三角，五角，借到一元，那是很稀有的事。

黑"列巴"和白盐，许多日子成了我们唯一的生命线。

沙枣 香果·茶点

李娟

抢在葵花成熟之前，沙枣抢先一步丰收了。

我妈在地里干完活，经过果实累累的沙枣林，随手折了一大枝沙枣回家。

她薅下大把大把的果实抛撒在门前空地上。下一秒钟，所有的鸡全部到齐，吵吵闹闹埋头争抢。

我妈像雷锋一样欣慰地看着这幕情景，扭头对我说："这就是麻雀们整个冬天里的口粮。"

此地的麻雀何其富足！

冬日里的每一天，它们起床后，像掀开棉被一般抖落翅膀上的雪，往最近的沙枣枝一跳，就开始用餐了。

它扭头向左边啄几口，再扭头向右啄几口。

吃完了脑袋附近的，挪一下小爪，继续左右开弓吃啊吃啊。

吃半天也遇不到另一只麻雀。

因为所有的麻雀此时统统都头也不抬地埋头大吃着呢。

吃饱了，该消食了，大雪中的树林才热闹起来。串门的串门，打招呼的打招呼，吵架的吵架。然后大家一起没头没脑地欢歌，再乱蓬蓬地惊起，呼呼啦啦，从一棵树涌往另一棵树。

我行走在沙枣林中，猜测麻雀的乐趣。想象它小而黑的眼睛，圆滚滚的身子，平凡的外套。

我怜惜它短暂的生命。差点儿忘了自己的生命也是短暂的。

穿行在沙枣林中，身边果实累累，像葡萄一样一大串一大串沉甸甸地低垂，把树枝深深压向地面。

何止是麻雀们的富足，也是我的富足啊。是我视觉上的富足，也是我记忆的富足。

我边走，边摘，边吃。赛虎和丑丑也不知从何得知这是可以吃的好东西。它俩时不时用狗嘴咬住低低垂向地面的一大串沙枣，头一歪，便捋下来满满一嘴。三嚼两嚼，连籽吞下。

过去，我所知的沙枣只有两种。

一种是灰白色，仅黄豆大小，但甜滋滋的。尤其顶端微微透明的黑色区域，就那一丁点儿部位，更是糖分的重灾区。轻轻划开，便眼泪一般渗出蜜汁。这也是大家最喜欢的沙枣，最为香甜。遗憾的是太小了，除去籽核，基本上只剩一层薄皮。唇齿间刚刚触碰到一抹浓甜，倏地就只剩一枚光核。

还有一种沙枣大了许多，颜色发红，饱满美丽。因个头大，吃着稍过瘾些。但口感差了许多，不太甜，味道淡。吃起来面面的，沙沙的。难怪叫沙枣。

由此可见，造物多么公平。我从小就熟知这种公平。

然而，在此处，在水库旁边，我被狠狠刷新了认识。

眼下这些沙枣完全无视天地间的公平原则——它又大又甜！真的又大又甜！

若不是吃起来仍然又面又沙，仍然是极度熟悉的沙枣特有的口感，我真怀疑它们是不是沙枣和大枣的串种……怎么会这么大，又这么香甜呢？

在北方的大陆腹心，我相信沙枣是所有孩子童年里最重要的记忆之一。我猜没有一个小学生的作文里不曾提到过它。包括我，也包括我妈。

我妈小时候，唯一被老师表扬过的一篇作文就是关于沙枣花的。

她写道："沙枣花开了，香气传遍了整个校园。"

半个世纪后她仍深深记得这一句。那大约是她生命之初最浪漫、最富激情的一场表达。

我也热烈歌颂过沙枣，出于成长中无处依托的激情。

但是到了今天，少年的热情完全消退，我仍愿意赞美沙枣。无条件地，无止境地。

当我独自穿行在沙枣林中，四面八方果实累累，拥挤着，推攘着，欢呼着，如盛装的人民群众夹道欢迎国家元首的到来。

我一边安抚民众热情，说："同志们好，同志们辛苦了。"一边吃啊吃啊，吃得停都停不下来。吃得扁桃垂体都涩涩的。似乎不如此，便无以回报沙枣们的盛情。

吃着吃着，又有些羞愧。这可是麻雀们一整个冬天的口粮啊！

但是四面一望，这壮观的盛宴！麻雀们绝对吃不完的。就算把乌鸦们加上也吃不完啊。

我暗暗记住这里。幻想有一天能重返此处，带着最心爱的朋友，炫耀一般地请他们见识这荒野深处的奇迹，诱导他们触碰自己多年之前的孤独。

对了，还有沙枣花。

沙枣花是眼下这场奇迹的另一元。

我极度渴望，向只在春天闻过沙枣花香的人描述沙枣果实，向只在秋天尝过沙枣果实的人拼命形容沙枣花香——唯有两者共同经历过，才能明白何为沙枣，才能完整体会这块贫瘠之地上的最大传奇——这中亚腹心的金枝玉叶，荒野中的荷尔蒙之树，这片干涸大地上的催情之花。

所有开花结果的树木都诞生于物种的进化，唯有沙枣，诞生于天方夜谭，诞生于金币和银币之间、奇遇记和地中海的古老街道之间，诞生于一千零一夜所有的男欢女爱之间。

它惯于防备，长满尖刺，仿佛随时准备迎接伤害。然而世上与忠贞情感相关的事物都富于攻击性。要么玫瑰，要么沙枣。

它扎根于大地最最干涸之处，以挣扎的姿势，异常缓慢地生长。然而哪怕用尽全力，它的每一片叶子仍狭小细碎。

小小的叶子，小小的，小小的黄花，小小的果实。沙枣树以最小的手指，开启最磅礴的能量。沙枣花开了！

我所经历的最浓烈的芳香，要么法国香水，要么沙枣花香。

沙枣花开了，这片荒野中所有的年轻的，无依无靠的爱情，终于在大地上停止了流浪。

直到沙枣终于成熟，沙枣花香才心甘情愿退守到果实深处。所有爱情瓜熟蒂落。

我一边吃沙枣，一边猜测麻雀有没有爱情。

平凡的麻雀，卑微的鸟儿。叽叽喳喳一阵，一辈子就过去了。

而沙枣供养的另一类鸟儿——乌鸦——体态稍大，想必也胃口稍好吧。乌鸦穿着黑衣服，所以看上去有强烈的庄严感。可大家对它的印象只有聒噪与不吉利。

可是当乌鸦起飞的时候，和世上所有鸟儿一样，身姿有着飞翔特有的豪情。

乌鸦的爱情呢？

乌鸦成群翱翔。不远处雁阵成行。

大地上的秋天隆重得如国王登基的庆典。

在隆重的秋天里，我一边吃沙枣一边反复思量，到底沙枣够不够大家过冬呢？

火晶柿子

香果·茶点

陈忠实

我喜欢柿树。柿子好吃，这是最主要的因由。柿树不招虫害，任何害虫病菌都难以近身，大约是柿树特有的那种涩味构成了内在的天然抗拒，于是便省去了防虫治病的麻烦，也不担心农药残留的后患。柿树又很坚韧，几乎与榆槐等柴树无异，既不要求肥力和水分，也不需要任何稍微特殊的呵护。庭院里可以栽植，水肥优良的平川地里可以茁壮，土瘠水缺的干旱的山坡上、塄畔上同样蓬蓬勃勃，甚至一般柴树也畏怯的红石坡梁上，柿树仍可长到合抱粗。按照习惯或者说传统，几乎没有给柿树施肥浇水的说法。然而果实柿子却不失其甘美。

在柿树家族里，种类颇多。最大个儿的叫虎柿，大到可称出半斤。虎柿必须用慢火温火浸泡，拔去涩味儿，才香甜可口。然慢火的火功和温水的温度要随机变换，极难把握，稍有不当就会温出一锅僵涩的死柿子，甭说上市卖钱，白送人也送不出去。再说这种虎柿还有一个致命的弱点——不能存放，温熟之后即卖即食，隔三天两日尚可，再长就坏了，属于典型的时令性水果。还有一种民间称为义生的柿子，个头也比较大，果实变红时摘下，搁置月余即软化熟透，味道十分香甜。麻烦的是软化后便需尽快出手，或卖钱或送亲友或自家享受，稍长时间便皮儿崩裂柿汁流出，不可收拾，长途运送都是比较难以解决的问题。再有一种名曰火罐的柿子，果实较小，一般不超过半两，尽管味道与火晶柿子无甚差异，却多核儿，成为重大的弹嫌之弊，所以不被钟爱，几乎遭到淘汰而绝种，反正我已多年不见此物了。只有火晶柿子，在柿树家族中逐渐显出优长来，已经成为独秀柿族的王牌品种了。

火晶。真是一个热烈而又令人富于想象的名字。火是这种柿子的色彩，单一的红，红的程度真可以用"红彤彤"来形容来喻示。我在骊山南麓的岭坡上见到过那种堪称红彤彤的景观，一棵一棵大到合抱粗的柿树，叶子已经落光掉净了，枝枝丫丫上挂满繁密的柿子，红溜溜或红彤彤的，蔚为壮观，像一片自燃的火树。火晶的名字中的"火"字大约由此而自然产生，晶也就无须阐释或猜想了。把火的色彩与晶字联结起来，便成为民间命名的高雅一种，恐怕只有民间的智者才会创造出这样一个雅俗共赏的柿子的名字来。

火晶柿子比虎柿比义生柿子小，比火罐柿子大，个重两余，无核。在树上长到通体变成橙黄时摘下来，存放月余便软化熟透，尤其耐得存放，保管得法的农户甚至可以保存到春节以后，仍不失其新鲜甘美的原味。食时一手捏把儿，一手轻轻掐破薄皮儿，一撕一揭，那薄皮儿便利索地完整地去掉了，现出鲜红鲜红的肉汁，软如蛋黄，却不流，吞到口里，无丝无核儿，有一缕蜂蜜的香味儿。乡间小贩摆卖火晶柿子的摊位上，常见蜜蜂"嗡嗡"盘绕不去，可见诱惑。

关中盛产柿子，尤以骊山为代表的临潼的火晶柿子最负盛名。一种名果的品质决定于水土，这是无法改变的常识。我家居骊山之南，白鹿原原坡之北，中间流着一条倒淌河灞水，形成一条狭窄的川道，俗称灞川，逆水而上经蓝田约五十里进入王维的辋川。由我祖居的老屋涉过灞水走过平川登上骊山南麓的坡道，大约也就半个小时。水土和气候无大差异，火晶柿子的品质也难分上下，然而形成气候形成品牌的仍然是临潼。

大约是二十世纪七十年代中期，诺罗敦·西哈努克亲王携妻引子到西安，参观兵马俑往来的路上，王子发现路边有农民摆的火晶柿子小摊，问及此果，陪随人员告之。回到西安下榻处，有心的接待人员已经摆放好一盘经过精心挑选的火晶柿子，并说明吃法。王子生长在热带，未见过亦未吃过北方柿子并不足怪，恰是这种中国关中的火晶柿子令其赞赏不绝，直到把一盘火晶柿子吃完，仍然还要，不管斯文且不说了，连陪随人员的劝告（食多伤胃）也任性不顾。果然，塞了满肚子火晶柿子的王子到晚上闹起肚子来，引起各方紧张，直接报告北京有关领导，弄出一场虚惊。王子虽然经历了一个难受的夜晚，离开西安时仍不忘要带走一篮火晶柿子。

这个真实的传闻流传颇广。在关中普通到不能再普通的柿子，竟然上了招待外宾的果盘，而且是高贵的王子，确实令当地人始料不及。想来也不足为奇，向来都是物以稀为贵的。二十世纪八十年代中期，我到与临潼连界的蓝田县查阅县志时发现，清末某年，关中奇冷，柿树竟然死绝了。我得到一个基本常识，柿树原来耐不得严寒的。但那年究竟"奇冷"到怎样的程度，却是无法判断的，那时怕是连一根温度计也没有。到二十世纪九十年代头上，我在原下的祖屋写作《白鹿原》的时候，这年冬天冻死了一批柿树，我至今记得这年冬天的最低温度为零下十四摄氏度，持续了大约半月，这是几十年来西安最冷的一个冬天。村子里许多农户刚刚挂果的葡萄统统冻死了，好多柿树到春末夏初还不发芽，人们才惊呼柿树被冻死了。我也便明白，清末冻死柿树的那年冬天"奇冷"的程度，不过是零下十几摄氏度而已。

编志人在叙述"奇冷"造成的灾害时，加了一句颇带怜悯情调的话，曰：柿可当食。我便推想，平素当作水果的柿子，到了饥馑的年月里，就成为养生活命的吃食了。确凿把柿子顶作粮食的事发生在二十世纪六七十年代，临潼山上的山民从生产队分回柿子，五斤顶算一斤粮食。想想吧，作为口舌消遣的柿子是一种调节和品尝，而作为一日三餐的主食，未免就有点

159

残酷。然而，我又胡乱联想起来，被当地山民作为粮食充饥的柿子，在西哈努克王子那里却成为珍果，可见人的舌头原本是没有什么天生贵贱的。想到近年某些弄得一点名堂的人，硬要做派出贵族状，硬要做派出龙种凤胎的不凡气象，我便担心这其中说不准会潜伏着类似火晶柿子的滑稽。

我在祖居的屋院里盖起了一幢新房，这是八十年代中期的事，当时真有点"李顺大造屋"的感受。又修起了围墙，立了小门楼，街门和新房之间便有了一个小小的庭院。我便想到栽一株柿树，一株可以收获火晶柿子的柿树。

我的左邻右舍及至村子里的家家户户，都有一棵两棵火晶柿树，或院里或院外；每年十月初，由绿色转为橙黄的柿子便从墨绿的树叶中脱颖而出，十分耀眼，不说吃吧，单是在屋院里外撑起的这一方风景就够惹眼了。我找到内侄儿，让他给我移栽一棵火晶柿子树。内侄慷慨应允，他承包着半条沟的柿园。这样，一株棒槌粗的柿树便植栽于小院东边的前墙根下，这是秋末冬初最好的植树时月里做成的事。

这株柿树栽下以后，整个前院便生动起来。走出屋门，一眼便瞅见高出院墙沐着冬日阳光的树干和树枝，我的心里便有了动感。新芽冒出来，树叶日渐长大了，金黄色的柿花开放了，从小草帽一样的花萼里托出一枚枚小青果，直到缀满枝丫的红灯笼一样的火晶柿子在墙头上显耀……期待和祈祷的心境伴我进入漫长的冬天。

二十世纪五十年代初我读小学时，后屋和厦房之间窄窄的过道里有一株火晶柿树，若小碗口粗，每年都有一树红亮亮的柿子撑在厦房房瓦上空。我于大人不在家时，便用竹竿偷偷打下两三个来，已经变成橙黄的柿子仍然涩涩的，涩味里却有不易舍弃的甜香。母亲总是会发现我的行为，总是一次又一次斥责，你就等不到摘下搁软了熟了吗？直到某一年，我放学回家，突然发现院里的光线有点异样，抬头一看，罩在过道上空的柿树的伞盖没有了，院子里一下子豁亮了。柿树被齐根锯断了。断茬上敷着一层细土。从断茬处渗出的树汁浸湿了那一层细土，像树的泪，也似树的血。我气呼呼问母亲。母亲也阴郁着脸，告诉我，是一位神汉告诫的。那几年我家灾祸连连，我的一个小妹夭折了，一个小弟也在长到四五岁时夭亡了，又死了一头牛。父亲便请来一个神汉，从前院到后院观察审视一番，最终瞅住过道里的柿树说：把这树去掉。父亲读过许多演义类小说，于这类事比较敏感，不用神汉阐释，便悟出其中玄机，"柿"即"事"。父亲便以一种泰然的口吻对我说，柿树栽在家院里，容易生"事"惹"事"。去掉柿树，也就不会出"事"了。我的心里便怯怯的了，看那锯断的柿树茬子，竟感到了一股鬼气妖氛的恐惧。

没有什么人现在还相信神汉巫师装神弄鬼的事了，起码在"柿"与"事"的咒符是如此。因为我的村子里几乎家家户户的院里门外都有一株或几株柿树。人在灾变连连打击下便联想

161

到神的惩罚和鬼的作祟，这种心理趋势由来已久，也并非只是科学滞后的中国乡村人独有，许多民族，包括科学已很发达的民族也颇类同，神与鬼是人性软弱的不可避免的存在。我在前院栽下这棵柿树，早已驱除了"柿"与"事"的文字游戏式的咒语，而要欣赏红柿出墙的景致了。漫长的冬天过去了。春风日渐一日温暖起来。我栽的柿树迟迟不肯发芽。

直到春末夏初，枝梢上终于努出绿芽来。我兴奋不已，证明它活着。只要活着就是成功，就有希望。大约两月之后，进入伏天，我终于发觉不妙，那仅仅长到三四寸长的幼芽开始萎缩。无论我怎样浇水，疏松土壤，还是无可挽回地枯死了。

这是很少有的现象，我喜欢栽树，不敢说百分之百成活，这样的情况确实极少发生。这株火晶柿子树是我尤为用心栽植的一棵树，它却死了。我久久找不出死亡的原因，树根并无大伤害，树的阴阳面也按原来的方向定位，水也及时适度浇过，怎么竟死了呢？问过内侄儿，他淡淡地说，柿树是很难移栽的，成活率极低。我原是知道这个常识的，却自信土命的我会栽活它。我犯了急功近利轻易求取成功的毛病，急于看到一棵成景的柿树。于是便只好回归到最老实之点，先栽软枣苗子，然后嫁接火晶柿子。

一种被当地人称作软枣的苗子，是各种柿树嫁接的唯一的砧木。软枣生长十分泼势，随便甚至可以说马马虎虎栽下就活了。我便在小院的西北角栽下一株软枣，一年便长到齐墙的高度。第二年夏初，请来一位嫁接果树的巧手用俗称热黏皮的芽接法一次成功，当年冒出的正儿八经的火晶柿子的新枝，同样蹿起一人高。叶子大得超过我的巴掌，新出的绿色的干儿竟有食指粗，那蓬勃的劲头真正让我时时感知初生生命的活力。为了防止暴风折断它的尚为绿色的嫩干，我为它立了一根木杆，绑扶在一起，一旦这嫩干变成褐黑色，显示它已完全木质化了，就尽可放心了。我于兴奋鼓舞里独自兴叹，看来栽成树走捷径还是不行的。这个火晶柿子树的起根发苗的全过程完成了，我也就留下了一棵树的生命的完整印象，至今难以忘怀。

这株火晶柿树后来就没有故事了。没有虫害病菌侵害，在院里也避免了牛马猪羊的骚扰，对水呀肥呀也不讲究，呼呼啦啦就长起来了，分枝分杈了，长过墙头了，形成一株青春活力的柿树了。这年冬天到来时，我离开久居的祖屋老院迁进城里去，一年难得回来几次。有一年回来正遇着它开花，四方卷沿的米黄色小花令人心动，我忍不住摘下两朵在嘴里嚼着咽下，一股带涩的甜味儿，竟然回味起背着父母用竹竿偷打下来的生柿子的感觉。

今年春节一过，我终于下定决心回归老家，争取获得一个安静吃草安静回嚼的环境。我的屋檐上时有一对追逐着求偶的"咕咕咕"叫着的斑鸠。小院里的树枝和花丛中常常栖息着一群或一对色彩各异的鸟儿。隔墙能听到乡友们议论天气和庄稼施肥浇水的农声。也有小牛或羊羔蹿进我忘了关闭的大门。看着一个个忙着农事、忙着赶集售物的男人女人毫不注意修饰的衣着，我常常想起那些高级宾馆车水马龙衣冠楚楚口红眼影的景象。这是乡村。那是城市。大家都忙着。大家都在争取自己的明天。

我的柿树已经碗口粗了。我今年才看到了它出芽、开花、坐果到成熟的完整的生命过程。十月初，柿子日渐一日变得黄亮了，从浓密的柿树叶子里显现出来，在我的墙头上方，造成一幅美丽的风景。我此时去了一趟滇西，回来时，妻子已经让人摘卸了柿子。

装在纸箱里的火晶柿子开始软化。眼见得由橙黄日渐一日转变为红亮。有朋自城里来，我便用竹篮盛上，忍不住说明：这是自家树上的产物。多路客人无论长幼无论男女，无不惊叹这火晶柿子的醇香，更兼着一种自家种植收获的乡韵。看着客人吃得快活，我就想起一件有关火晶柿子的逸趣。某年到一个笔会，与一位作家朋友聊天，他说某年到陕西参观兵马俑的路上品尝了火晶柿子，尤感甘美，临走时又特意买了一小篮，带回去给尚未尝过此物的南方籍的夫人。这种软化熟透的火晶柿子稍碰即破，当地农民用剥去了粗皮的柳条编织的小篮儿装着，一层一层倒是避免了挤压。他一路汽车火车，此物不能装箱，就那么拎着进了家门，便满怀爱心献给了亲爱的夫人。揭开柳条小篮，取出上边一层红亮亮的柿子，情况顿觉不妙，下边两层却变成了石头。可以想象他的懊丧和生气之状了。事过多年和我相遇聊起此事，仍然大气难抑，末了竟冲我说，人说你们陕西人老实，怎么这样恶劣作假？几个柿子倒不值多少钱，关键是让我几千里路拎着它，却拎回去一篮子石头，你说气人不气人？这在谁也会是懊丧气恼的，然而我却调侃道，假导弹假飞船没准儿都弄出来了，陕西农民给柿篮子里塞几块石头，在中国蓬蓬勃勃的造假行业里，只能算是启蒙生或初级水平，你应该为我的乡党的开化而庆祝。朋友也就笑了。我随之自我调侃，你知道我们陕西人总结经济发展滞后的原因是什么吗？不急不躁，不跑不跳，不吵不闹，不叫不到，不给不要，所谓关中人的"十不"特性。所以说，一个兵马俑式的农民用当地称作料僵石（此石特轻）的石头冒充火晶柿子，把诸如我所钦敬的大城市里的名作家哄了骗了涮了一回，多掏了他几枚铜子，真应该庆祝他们脑瓜里开始安上了一根转轴儿，灵动起来了。

　　玩笑说过也就风吹雨打散了。我却总想着那些往柳条编的小篮里塞进冒充火晶柿子的石头的农民乡党，会是怎样一种小小的"得意"……

枇杷树树香　　香果·茶点

周瘦鹃

苏州市的水果铺里，自从柑橘落市以后，就略显寂寞。直到初夏枇杷上市，才又热闹起来，到处是金丸累累，可说是枇杷的天下了。枇杷树高一二丈，粗枝大叶，浓荫如幄，好在四时常绿，经冬不凋，因有枇杷晚翠之称。花型很小，在风雪中开放，白色五瓣，微有香气，唐代诗人杜甫因有"枇杷树树香"之句。昔人称颂枇杷，说它秋萌冬花，春实夏熟，备四时之气，其他果树，没有一种可以比得上的。它有两个别名——卢橘与炎果。又因其色黄似蜡，称为蜡兄；大叶粗枝，称为粗客。它于农历三四月间结实，皮色有深黄有淡黄，肉色有红有白，红的称红沙，又名大红袍；白的称白沙，甜美胜于红沙。苏州洞庭东、西山，都是枇杷著名的产地，尤以东山湾里所产的红沙、槎湾所产的白沙为最美。每年槎湾白沙枇杷上市时，我总要一快朵颐，大的如胡桃，小的如荸荠，因称荸荠种，肉细而甜，核少而汁多，确是此中俊物，可惜产量较少，一会儿就没有了。

枇杷色作金黄，因此诗人们都以金丸作比。如宋代刘子翚句云："万斛金丸缀树稠，遗根汉苑识风流。"明代高启诗云："落叶空林忽有香，疏花吹雪过东墙。居僧记取南风后，留个金丸待我尝。"近代吴昌硕诗云："五月天气换葛衣，山中卢橘黄且肥。鸟疑金弹不敢啄，忍饥空向林间飞。"其实这是诗人的想象，并非事实，像吾家园子里的三株枇杷，一到黄熟时，就有不少是给鸟类抢先尝新的。

明代大画家沈石田，有友人送枇杷给他，信上误写了琵琶，沈戏答云："承惠琵琶，开奁骇甚！听之无声，食之有味，乃知古来司马泪于浔阳，明妃怨于塞上，皆为一啖之需耳。今后觅之，当于杨柳晓风、梧桐秋雨之际也。"石田此信原很隽妙，但据辞书载，琵琶一作"枇杷"，可是不知枇杷能不能也通融一下，写作"琵琶"呢？

清代朱竹垞，有《明月棹孤舟》一词咏枇杷云："几阵疏疏梅子雨。也催得嫩黄如许。笑逐金丸，看携素手，犹带晓来纤露。寒叶青青香树树。记东溪旧曾游处。日影堂阴，雪晴花下，长见那人窥户。"又宋代周必大咏枇杷诗有句云："昭阳睡起人如玉，妆台对罢双蛾绿。琉璃叶底黄金簇，纤手拈来嗅清馥。可人风味少人知，把尽春风夏作熟。"这一词一诗虽咏枇杷，而此中有人，呼之欲出，自觉风致嫣然。

苏州东北街拙政园中，有个枇杷院，旧时种有枇杷树多株，因以为名。中有一轩，额曰"玉壶冰"，现在是供游人啜茗的所在。我以为那边仍可多种几株枇杷，那么终年绿荫罨画，婆娑可爱，就将"玉壶冰"改为"晚翠轩"，也无不可。

夏果摘杨梅

香果·茶点

周瘦鹃

"冬花采卢橘，夏果摘杨梅"，这是唐代宋之问的诗句。卢橘就是枇杷，冬季开花，春季结实而夏季成熟；到得枇杷落市之后，那么就要让杨梅奄有天下了。杨梅木本，叶常绿，初春开花结实，肉如粒粒红粟，并无皮壳包裹；生的时候作白色，五月间成熟之后，就泛作红、紫二色。也有白色的，产量较少，甜味也在红、紫二种之下，并不足贵。杨梅品种，据说以会稽为第一，吴兴的弁山、宁波的舟山、苏州的光福也不差。而我们现在所吃到的，全是洞庭东西山的产品。

杨梅一名杭子，生僻得很，别号"君家果"。据《世说新语》载：梁国杨氏子，九岁就很聪明。有一天，孔君平来访他的父亲，恰不在家，因呼他出见。孔指盘中所盛杨梅道："这是君家果。"他应声道："却未闻孔雀是夫子家禽。"这个孩子心地的灵敏，于此可见。而杨梅也就因此而得了个"君家果"的别号。

169

新中国成立前一年杨梅熟时，洞庭西山包山寺诗僧闻达上人邀我和范烟桥、程小青二兄同去一游。那时满山杨梅全已成熟，朱实离离，鲜艳悦目。山民于清早采摘，万绿丛中常闻笑语声，摘满了一筐，各自肩着回去。我曾咏之以诗，有"摘得杨梅还带露，一肩红紫映朝晖"之句，当时情景，依稀还在眼前。清代陈其年有《一丛花》词，也是咏洞庭西山的杨梅的。词云："江城初泊洞庭船。颗颗贩匀圆。朱樱素奈都相逊，家乡在、消夏湾前。两崦蒙茸，半湖羃羃，笼重一帆偏……"

苏州光福与横山、安山等处，往时都产杨梅，并且有白杨梅，而我却从未染指，不知风味如何？扬州人称白杨梅为圣僧，莫名其妙。明代瞿佑有诗云："乃祖杨朱族最奇，诸孙清白又分枝。炎风不解消冰骨，寒粟偏能上玉肌。异味每烦山客赠，灵根犹是圣僧移。水晶盘荐华筵上，酪粉盐花两不知。"

杨梅甜中带酸，多吃伤齿，然而也有人以为带些酸倒是好的，如宋代方岳诗云："筠笼带雨摘初残，粟粟生寒鹤顶殷。众口但便甜似蜜，宁知奇处是微酸。"我们每吃杨梅，总得用盐渍过，目的是在杀菌，其实不如高锰酸钾来得有效。但是也有人以为渍了盐，可以减去酸味，此法唐代即已有之，如李太白《梁园吟》，有"玉盘杨梅为君设，吴盐如花皎白雪"之句。陆放翁批评他，说杨梅酸的才用盐渍，好的杨梅就不必用了。吾家吃杨梅，一向用盐，杀菌减酸，一举两得，并且也觉得别有风味。

闲话荔枝　香果·茶点

周瘦鹃

　　古今来文人墨客，对于果品中的荔枝，都给予最高的评价。诗词文章，纷纷歌颂，比之为花中的牡丹。牡丹既被称为花王，那么荔枝该尊为果王了。唐代白乐天《荔枝图》序有云："荔枝生巴峡间，树形团团如帷盖。叶如桂，冬青；华如橘，春荣；实如丹，夏熟。朵如蒲萄，核如枇杷，壳如红缯，膜如紫绡，瓤肉莹白如冰雪，浆液甘酸如醴酪。大略如彼，其实过之。若离本枝，一日而色变，二日而香变，三日而味变，四五日外，色香味尽去矣。"这一段话，已说明了荔枝的一切，真的明白如画。

　　荔枝不只产于巴蜀，闽、粤两省也有大量的生产。它又名离枝、丹荔，而最特别的，却又叫作钉坐真人。树身高达数丈，粗可合抱，较小的直径尺许，农历二三月间开花，五六月间成熟。宋神宗诗因有"五月荔枝天"之句。据古代《荔枝谱》中所载，种类繁多，有陈紫、周家红、一品红、钗头颗、十八娘、丁香、红绣鞋、满林香、绿衣郎等数十种，大多是闽产，不知现在还有几种？至于粤中所产，则现有三月红、玉荷包、黑叶、桂味、糯米糍等，都是我们所可吃到的。至于命名最艳的，有妃子笑一种；产量最少的，有增城的挂绿一种。

闽产的荔枝中，有一种名十八娘，果型细长，色作深红，闽人比作少女。俗传闽中王氏有弱妹十八娘，一说是女儿行十八，喜吃这一种荔枝，因此得名。又有一说：闽中凡称物之美而少的，为十八娘，就足见这是美而少的名种了。明代黄履康作《十八娘传》，他说："十八娘者，开元帝侍儿也，姓支名绛玉，字曰丽华，行十八。"文人狡狯，借此弄巧，竟把珍果当作美人般给它作传。宋代蔡君谟作《荔枝谱》，称之为绛衣仙子，那更比之为仙子了。诗中咏及的，如明代柳应芳云："白玉明肌裹绛囊，中含仙露压琼浆。城南多少青丝笼，竞取王家十八娘。"明代邱惟直诗云："棣萼楼头风露凉，闽娘清晓竞红妆。朱唇玉齿桃花脸，遍著天孙云锦裳。"词如苏东坡《减字木兰花》云："闽溪珍献。过海云帆来似箭。玉座金盘。不贡奇葩四百年。轻红酽白。雅称佳人纤手擘。骨细肌香。恰似当年十八娘。"十八娘之为荔枝珍品，于此可见，但不知现在闽中仍有之否？

广州有荔枝湾，是珠江的一湾，夹岸都是荔枝树，绿荫丹荔，蔚为大观。据说这里本是南汉昌华旧苑，有人咏之以诗，曾有"寥落故宫三十六，夕阳明灭荔枝红"之句。清代陶稚云《珠江词》，都咏珠江艳事，中有一首："青青杨柳被郎攀，一叶兰舟日往还。知道荔枝郎爱食，妾家移住荔枝湾。"从前，每年初夏荔枝熟时，荔枝湾游艇云集，都是为了吃荔枝去的。

吃白果 香果·茶点

周作人

　　白果树的历史很早，和它同时代的始祖鸟等已于几百万年前消灭了，它却还健在，真可以算是植物界的遗老了。书上称它为鸭脚子，因为叶如鸭脚，又名公孙树，"言其实久而后生，公种而孙方食"。或谓左思赋中称作平仲，后来却不通行，一般还是叫它作白果，据说宋初入贡，乃改名银杏。日本称为耿南，乃是银杏音译转讹，树称伊曲，则是鸭脚的音译，而且都是后起的宋音，可见传入的年代也不很早，大概只是千年的历史罢了。

　　白果的形状很别致，可是实在没有什么好吃，因为壳外有肉，大概是泡在水里让它烂掉的吧，所以带有臭气，而且白果自身也有一种特殊的气味，有些人不大喜欢。它的吃法我只知道有两种。其一是炒，街上有人挑担支锅，叫道"现炒白果儿"，小儿买吃，一文钱几颗，现买现炒。其二是煮，大抵只在过年的时候，照例煮藕脯，用藕切块，加红糖煮，附添白果红枣，是小时候所最期待的一种过年食品。此外似乎没有什么用处了，古医书云，白果食满千颗杀人，其实这种警告是多余的，因为谁也吃不到一百颗，无论是炒了或煮了来吃。

甘蔗荸荠

香果·茶点

周作人

　　一定要说水果也是家乡的好，这似乎可以不必，而且事实上未必如此，所以无须这么说。可是仔细想起来，却实在并不假，那么为什么不可以说呢？

　　若是问绍兴有什么好水果，其实也说不出来，不过那里水果多而且质朴，换句话说就是平民的，与北京相比，这很容易明白。北京水果除杏子桃子柿子外，梨与苹果，香蕉柑橘，差不多都是贵重品，如要买一蒲包送人往往所费不赀。乡下便不一样，所谓贵有贵供，贱有贱鬻，雅梨有用纸包的，与广柑文旦同请上座，但不很值钱的还多得很，一两角小洋不难买上一篮。甘蔗荸荠，水红菱黄菱肉，青梅黄梅，金橘岩橘，各色桃李杏柿（杨梅易坏可惜除外），有三四种便可以成为很像样的一份了。

　　我至今不稀罕苹果与梨，但对于小时候所吃的粗水果还觉得有点留恋，顶上不了台盘的黄菱肉，大抵只有起码的水果包里才有，我却是最感觉有味，因为那是代表土产品的，有如杜园瓜菜，所谓土膏露气尚未全失，比起远路来的异果自有另外的一种好处。

人间

知

味

喝茶 品鉴·赏味

周作人

前回徐志摩先生在平民中学讲"吃茶"——并不是胡适之先生所说的"吃讲茶"——我没有工夫去听，又可惜没有见到他精心结构的讲稿，但我推想他是在讲日本的"茶道"，而且一定说得很好。茶道的意思，用平凡的话来说，可以称作"忙里偷闲，苦中作乐"，在不完全的现世享乐一点美与和谐，在刹那间体会永久，是日本之"象征的文化"里的一种代表艺术。关于这一件事，徐先生一定已有透彻巧妙的解说，不必再来多嘴，我现在所想说的，只是我个人的很平常的喝茶观罢了。

喝茶以绿茶为正宗。红茶已经没有什么意味，何况又加糖——与牛奶？葛辛（George Gissing）[1]的《草堂随笔》（*Pri-*

1　今译吉辛（1857—1903），英国小说家。

vate Papers of Henry Ryecroft）确是很有趣味的书，但冬之卷里说及饮茶，以为英国家庭里下午的红茶与黄油面包是一日中最大的乐事，中国饮茶已历千百年，未必能领略此种乐趣与实益的万分之一，则我殊不以为然，红茶带"土斯"[1]未始不可吃，但这只是当饭，在肚饥时食之而已；我的所谓喝茶，却是在喝清茶，在赏鉴其色与香与味，意未必在止渴，自然更不在果腹了。

中国古昔曾吃过煎茶及抹茶，现在所用的都是泡茶，冈仓觉三在《茶之书》（*Book of Tea*，1919）里很巧妙地称之曰"自然主义的茶"，所以我们所重的即在这自然之妙味。中国人上茶馆去，左一碗右一碗地喝了半天，好像是刚从沙漠里回来的样子，颇合于我的喝茶的意思（听说闽粤有所谓吃工夫茶者自然更有道理），只可惜近来太是洋场化，失了本意，其结果成为饭馆子之流，只在乡村间还保存一点古风，唯是屋宇器具简陋万分，或者但可称为颇有喝茶之意，而未可许为已得喝茶之道也。

喝茶当于瓦屋纸窗下，清泉绿茶，用素雅的陶瓷茶具，同二三人共饮，得半日之闲，可抵十年的尘梦。喝茶之后，再去继续修各人的胜业，无论为名为利，都无不可，但偶然的片刻

1　今译吐司，即烤面包片。

优游乃正亦断不可少，中国喝茶时多吃瓜子，我觉得不很适宜；喝茶时可吃的东西应当是轻淡的"茶食"。中国的茶食却变了"满汉饽饽"，其性质与"阿阿兜"相差无几，不是喝茶时所吃的东西了。日本的点心虽是豆米的成品，但那优雅的形色，朴素的味道，很合于茶食的资格，如各色的"羊羹"（据上田恭辅氏考据，说是出于中国唐时的羊肝饼），尤有特殊的风味。江南茶馆中有一种"干丝"，用豆腐干切成细丝，加姜丝酱油，重汤炖热，上浇麻油，出以供客，其利益为"堂倌"所独有。豆腐干中本有一种"茶干"，今变而为丝，亦颇与茶相宜。在南京时常食此品，据云有某寺方丈所制为最，虽也曾尝试，却已忘记，所记得者乃只是下关的江天阁而已。学生们的习惯，平常"干丝"既出，大抵不即食，等到麻油再加，开水重换之后，始行举箸，最为合适，因为一到即罄，次碗继至，不遑应酬，否则麻油三浇，旋即撤去，怒形于色，未免使客不欢而散，茶意都消了。

吾乡昌安门外有一处地方名三脚桥（实在并无三脚，乃是三出，因以一桥而跨三汊的河上也），其地有豆腐店曰周德和者，制茶干最有名。寻常的豆腐干方约寸半，厚可三分，值钱二文，周德和的价值相同，小而且薄，才及一半，黝黑坚实，如紫檀片。我家距三脚桥有步行两小时的路程，故殊不易得，但能吃到油炸者而已。每天有人挑担设炉镬，沿街叫卖，其词曰：

182

辣酱辣，

麻油炸，

红酱搽，辣酱拓：

周德和格五香油炸豆腐干。

其制法如上所述，以竹丝插其末端，每枚三文。豆腐干大小如周德和，而甚柔软，大约系常品。唯经过这样烹调，虽然不是茶食之一，却也不失为一种好豆食。——豆腐的确也是极好的佳妙的食品，可以有种种的变化，唯在西洋不会被领解，正如茶一般。

日本用茶淘饭，名曰"茶渍"，以腌菜及"泽庵"（即福建的黄土萝卜，日本泽庵法师始传此法，盖从中国传去）等为佐，很有清淡而甘香的风味。中国人未尝不这样吃，唯其原因，非由穷困即为节省，殆少有故意往清茶淡饭中寻其固有之味者，此所以为可惜也。

喝茶

品鉴·赏味

鲁迅

　　某公司又在廉价了，去买了二两好茶叶，每两洋二角。开首泡了一壶，怕它冷得快，用棉袄包起来，却不料郑重其事的来喝的时候，味道竟和我一向喝着的粗茶差不多，颜色也很重浊。

　　我知道这是自己错误了，喝好茶，是要用盖碗的，于是用盖碗。果然，泡了之后，色清而味甘，微香而小苦，确是好茶叶。但这是须在静坐无为的时候的，当我正写着《吃教》的中途，拉来一喝，那好味道竟又不知不觉的滑过去，像喝着粗茶一样了。

　　有好茶喝，会喝好茶，是一种"清福"。不过要享这"清福"，首先就须有工夫，其次是练习出来的特别的感觉。由这一极琐屑的经验，我想，假使是一个使用筋力的工人，在喉干欲裂的时候，那么，即使给他龙井芽茶，珠兰窨片，恐怕他喝起来也未必觉得和热水有什么大区别罢。所谓"秋思"，其实也是这样的，骚人墨客，会觉得什么"悲哉秋之为气也"，风雨阴晴，都给他一种刺戟，一方面也就是一种"清福"，但在老农，却只知道每年的此际，就要割稻而已。

于是有人以为这种细腻锐敏的感觉，当然不属于粗人，这是上等人的牌号。然而我恐怕也正是这牌号就要倒闭的先声。我们有痛觉，一方面是使我们受苦的，而一方面也使我们能够自卫。假如没有，则即使背上被人刺了一尖刀，也将茫无知觉，直到血尽倒地，自己还不明白为什么倒地。但这痛觉如果细腻锐敏起来呢，则不但衣服上有一根小刺就觉得，连衣服上的接缝，线结，布毛都要觉得，倘不穿"无缝天衣"，他便要终日如芒刺在身，活不下去了。但假装锐敏的，自然不在此例。

感觉的细腻和锐敏，较之麻木，那当然算是进步的，然而以有助于生命的进化为限。如果不相干，甚而至于有碍，那就是进化中的病态，不久就要收梢。我们试将享清福，抱秋心的雅人，和破衣粗食的粗人一比较，就明白究竟是谁活得下去。喝过茶，望着秋天，我于是想：不识好茶，没有秋思，倒也罢了。

谈酒 品鉴·赏味

周作人

　　这个年头儿，喝酒倒是很有意思的。我虽是京兆人，却生长在东南的海边，是出产酒的有名地方。我的舅父和姑父家里时常做几缸自用的酒，但我终于不知道酒是怎么做法，只觉得所用的大约是糯米，因为儿歌里说："老酒糯米做，吃得变nio-nio"——末一字是本地叫猪的俗语。做酒的方法与器具似乎都很简单，只有煮的时候的手法极不容易，非有经验的工人不办，平常做酒的人家大抵聘请一个人来，俗称"酒头工"，以自己不能喝酒者为最上，叫他专管鉴定煮酒的时节。有一个远房亲戚，我们叫他"七斤公公"——他是我舅父的族叔，但是在他家里做短工，所以舅母只叫他作"七斤老"，有时也听见她叫"老七斤"，是这样的酒头工，每年去帮人家做酒，他喜吸旱烟，说玩话，打麻将，但是不大喝酒（海边的人喝一两碗是不算能喝，照市价计算也不值十文钱的酒），所以生意很好，时常跑一二百里路被招到诸暨嵊县去。据他说这实在并不难，只须走到缸边屈着身听，听见里边起泡的声音切切察察的，好像是螃蟹吐沫（儿童称为蟹煮饭）的样子，便拿来煮就得了；早一点酒还未成，迟一点就变酸了。但是怎么是恰好的时期，别人仍不能知道，只有听熟的耳朵才能够断定，正如古董家的眼睛辨别古物一样。

大人家饮酒多用酒盅，以表示其斯文，实在是不对的。正当的喝法是用一种酒碗，浅而大，底有高足，可以说是古已有之的香槟杯。平常起码总是两碗，合一"串筒"，价值似是六文一碗。串筒略如倒写的凸字，上下部如一与三之比，以洋铁为之，无盖无嘴，可倒而不可筛，据好酒家说酒以倒为正宗，筛出来的不大好吃。唯酒保好于量酒之前先"荡"（置水于器内，摇荡而洗涤之谓）串筒，荡后往往将清水之一部分留在筒内，客嫌酒淡，常起争执，故喝酒老手必先戒堂倌勿荡串筒，并监视其量好放在温酒架上。能饮者多索竹叶青，通称曰"本色"，"元红"系状元红之略，则着色者，唯外行人喜饮之。在外省有所谓花雕者，唯本地酒店中却没有这样东西。相传昔时人家生女，则酿酒贮花雕（一种有花纹的酒坛）中，至女儿出嫁时用以饷客，但此风今已不存，嫁女时偶用花雕，也只临时买元红充数，饮者不以为珍品。有些喝酒的人预备家酿，却有极好的，每年做醇酒若干坛，按次第埋园中，二十年后掘取，即每岁皆得饮二十年陈的老酒了。此种陈酒例不发售，故无处可买，我只有一回在旧日业师家里喝过这样好酒，至今还不曾忘记。

我既是酒乡的一个土著，又这样地喜欢谈酒，好像一定是个与"三酉"结不解缘的酒徒了。其实却大不然。我的父亲是很能喝酒的，我不知道他可以喝多少，只记得他每晚用花生米水果等下酒，且喝且谈天，至少要花费两点钟，恐怕所喝的酒一定很不少了。但我却是不肖，不，或者可以说有志未逮，因为我很喜欢喝酒而不会喝，所以每逢酒宴我总是第一个醉与脸红的。自从辛酉患病后，医生叫我喝酒以代药饵，定量是勃阑地每回二十格阑姆，蒲桃酒与老酒等倍之，六年以后酒量一点没有进步，到现在只要喝下一百格阑姆的花雕，便立刻变成关夫子了……有些有不醉之量的，愈饮愈是脸白的朋友，我觉得非常可以欣羡，只可惜他们愈能喝酒便愈不肯喝酒，好像是美人之不肯显示她的颜色，这实在是太不应该了。

黄酒比较地便宜一点，所以觉得时常可以买喝，其实别的酒也未尝不好。白干于我未免过凶一点，我喝了常怕口腔内要起泡，山西的汾酒与北京的莲花白虽然可喝少许，也总觉得不很和善。日本的清酒我颇喜欢，只是仿佛新酒模样，味道不很静定。蒲桃酒与橙皮酒都很可口，但我以为最好的还是勃阑地。我觉得西洋人不很能够了解茶的趣味，至于酒则很有功夫，绝不下于中国。天天喝洋酒当然是一个大的漏卮，正如吸烟卷一般，但不必一定进国货党，咬定牙根要抽净丝，随便喝一点什么酒其实都是无所不可的，至少是我个人这样地想。

喝酒的趣味在什么地方？这个我恐怕有点说不明白。有人说，酒的乐趣是在醉后的陶然的境界。但我不很了解这个境界是怎样的，因为我自饮酒以来似乎不大陶然过，不知怎的我的醉大抵都只是生理的，而不是精神的陶醉。所以照我说来，酒的趣味只是在饮的时候，我想悦乐大抵在做的这一刹那，倘若说是陶然，那也当是杯在口的一刻吧。醉了，困倦了，或者应当休息一会儿，也是很安舒的，却未必能说酒的真趣是在此间。昏迷，梦魇，呓语，或是忘却现世忧患之一法门；其实这也是有限的，倒还不如把宇宙性命都投在一口美酒里的耽溺之力还要强大。我喝着酒，一面也怀着"杞天之虑"，生恐强硬的礼教反动之后将引起颓废的风气，结果是借醇酒妇人以避礼教的迫害，沙宁（Sanin）时代的出现不是不可能的。但是，或者在中国什么运动都未必彻底成功，青年的反拨力也未必怎么强盛，那么杞天终于只是杞天，仍旧能够让我们喝一口非耽溺的酒也未可知。倘若如此，那时喝酒又一定另外觉得很有意思了吧？

饿 品鉴·赏味

萧红

    "列巴圈"挂在过道别人的门上，过道好像还没有天明，可是电灯已经熄了。夜间遗留下来睡朦朦的气息充塞在过道，茶房气喘着，抹着地板。我不愿醒得太早，可是已经醒了，同时再不能睡去。

    厕所房的电灯仍开着，和夜间一般昏黄，好像黎明还没有到来，可是"列巴圈"已经挂上别人家的门了！有的牛奶瓶也规规矩矩地等在别的房间外。只要一醒来，就可以随便吃喝。但，这都只限于别人，是别人的事，与自己无关。

    扭开了灯，郎华睡在床上，他睡得很恬静，连呼吸也不震动空气一下。听一听过道连一个人也没走动。全旅馆的三层楼都在睡中，越这样静越引诱我，我的那种想头越坚决。过道尚没有一点声息，过道越静越引诱我，我的那种想头越想越充胀我：去拿吧！正是时候，即使是偷，那就偷吧！

轻轻扭动钥匙，门一点响动也没有。探头看了看，"列巴圈"对门就挂着，东隔壁也挂着，西隔壁也挂着。天快亮了！牛奶瓶的乳白色看得真真切切，"列巴圈"比每天也大了些，结果什么也没有去拿，我心里发烧，耳朵也热了一阵，立刻想到这是"偷"。儿时的记忆再现出来，偷梨吃的孩子最羞耻。过了好久，我就贴在已关好的门扇上，大概我像一个没有灵魂的、纸剪成的人贴在门扇。大概这样吧：街车唤醒了我，马蹄嗒嗒、车轮吱吱地响过去。我抱紧胸膛，把头也挂到胸口，向我自己心说：我饿呀！不是"偷"呀！

第二次也打开门，这次我决心了！偷就偷，虽然是几个"列巴圈"，我也偷，为着我"饿"，为着他"饿"。

第二次失败，那么不去做第三次了。下了最后的决心，爬上床，关了灯，推一推郎华，他没有醒，我怕他醒。在"偷"这一刻，郎华也是我的敌人；假若我有母亲，母亲也是敌人。

天亮了！人们醒了。做家庭教师，无钱吃饭也要去上课，并且要练武术。他喝了一杯茶走的，过道那些"列巴圈"早已不见，都让别人吃了。

从昨夜到中午，四肢软一点，肚子好像被踢打放了气的皮球。

窗子在墙壁中央，天窗似的，我从窗口升了出去，赤裸裸，完全和日光接近；市街临在我的脚下，直线的，错综着许多角度的楼房，大柱子一般工厂的烟囱，街道横顺交织着，秃光的街树。白云在天空作出各样的曲线，高空的风吹乱我的头发，飘荡我的衣襟。市街像一张繁繁杂杂颜色不清晰的地图，挂在我们眼前。楼顶和树梢都挂住一层稀薄的白霜，整个城市在阳光下闪闪烁烁撒了一层银片。我的衣襟被风拍着作响，我冷了，我孤孤独独地好像站在无人的山顶。每家楼顶的白霜，一刻不是银片了，而是些雪花、冰花，或是什么更严寒的东西在吸我，像全身浴在冰水里一般。

我披了棉被再出现到窗口，那不是全身，仅仅是头和胸突在窗口。一个女人站在一家药店门口讨钱，手下牵着孩子，衣襟裹着更小的孩子。药店没有人出来理她，过路人也不理她，都像说她有孩子不对，穷就不该有孩子，有也应该饿死。

我只能看到街路的半面，那女人大概向我的窗下走来，因为我听见那孩子的哭声很近。

"老爷，太太，可怜可怜……"可是看不见她在逐谁，虽然是三层楼，也听得这般清楚，她一定是跑得颠颠断断地呼喘："老爷老爷……可怜吧！"

那女人一定正像我，一定早饭还没有吃，也许昨晚的也没有吃。她在楼下急迫地来回的呼声传染了我，肚子立刻响起来，肠子不住地呼叫……

郎华仍不回来，我拿什么来喂肚子呢？桌子可以吃吗？草褥子可以吃吗？

晒着阳光的行人道，来往的行人，小贩，乞丐……这一些看得我疲倦了！打着哈欠，从窗口爬下来。

窗子一关起来，立刻生满了霜，过一刻，玻璃片就流着眼泪了！起初是一条条的，后来就大哭了！满脸是泪，好像在行人道上讨饭的母亲的脸。

我坐在小屋，像饿在笼中的鸡一般，只想合起眼睛来静着，默着，但又不是睡。

"咯，咯！"这是谁在打门！我快去开门，是三年前旧学校里的图画先生。

他和从前一样很喜欢说笑话，没有改变，只是胖了一点，眼睛又小了一点。他随便说，说得很多。他的女儿，那个穿红花旗袍的小姑娘，又加了一件黑绒上衣，她在藤椅上，怪美丽的。但她有点不耐烦的样子："爸爸，我们走吧。"小姑娘哪里懂得人生！小姑娘只知道美，哪里懂得人生？

曹先生问："你一个人住在这里吗？"

"是——"我当时不晓得为什么答应"是"，明明是和郎华同住，怎么要说自己住呢？

好像这几年并没有别开，我仍在那个学校读书一样。他说："还是一个人好，可以把整个的心身献给艺术。你现在不喜欢画，你喜欢文学，就把全身心献给文学。只有忠心于艺术的心才不空虚，只有艺术才是美，才是真美情爱。这话很难说，若是为了性欲才爱，那么就不如临时解决，随便可以找到一个，只要是异性。爱是爱，爱很不容易，那么就不如爱艺术，比较不空虚……"

"爸爸，走吧！"小姑娘哪里懂得人生，只知道"美"，她看一看这屋子一点意思也没有，床上只铺一张草褥子。

"是，走——"曹先生又说，眼睛指着女儿，"你看我，十三岁就结了婚。这不是吗？曹云都十五岁啦！"

"爸爸，我们走吧！"

他和几年前一样，总爱说"十三岁"就结了婚。差不多全校同学都知道曹先生是十三岁结婚的。

"爸爸，我们走吧！"

他把一张票子丢在桌上就走了！那是我写信去要的。

郎华还没有回来，我应该立刻想到饿，但我完全被青春迷惑了，读书的时候，哪里懂得"饿"？只晓得青春最重要，虽然现在我也并没老，但总觉得青春是过去了！过去了！

我冥想了一个长时期，心浪和海水一般翻了一阵。

追逐实际吧！青春唯有自私的人才系念她，"只有饥寒，没有青春"。

几天没有去过的小饭馆，又坐在那里边吃喝了。"很累了吧！腿可疼？道外道里要有十五里路。"我问他。

只要有得吃，他也很满足，我也很满足。其余什么都忘了！

那个饭馆，我已经习惯，还不等他坐下，我就抢个地方先坐下，我也把菜的名字记得很熟，什么辣椒白菜啦，雪里红豆腐啦……什么酱鱼啦！怎么叫酱鱼呢？哪里有鱼！用鱼骨头炒一点酱，借一点腥味就是啦！我很有把握，我简直都不用算一算就知道这些菜也超不过一角钱。因此我用很大的声音招呼，我不怕，我一点也不怕花钱。

回来没有睡觉之前，我们一面喝着开水，一面说：

"这回又饿不着了，又够吃些日子。"

闭了灯，又满足又安适地睡了一夜。

馋 品鉴·赏味

梁实秋

　　馋，在英文里找不到一个十分适当的字。罗马暴君尼禄，以至于英国的亨利八世，在大宴群臣的时候，常见其撕下一根根又粗又壮的鸡腿，举起来大嚼，旁若无人，好一副饕餮相！但那不是馋。埃及废王法鲁克，据说每天早餐一口气吃二十个荷包蛋，也不是馋，只是放肆，只是没有吃相。对某一种食物有所偏好，于是大量地吃，这是贪多无厌。馋，则着重在食物的质，最需要满足的是品味。上天生人，在他嘴里安放一条舌，舌上还有无数的味蕾，教人焉得不馋？馋，基于生理的要求，也可以发展成为近于艺术的趣味。

　　也许我们中国人特别馋一些。馋字从食，毚声。毚音谗，本义是狡兔，善于奔走，人为了口腹之欲，不惜多方奔走以膏馋吻，所谓"为了一张嘴，跑断两条腿"。真正的馋人，为了吃，决不懒。我有一位亲戚，属汉军旗，又穷又馋。一日傍

196

晚，大风雪，老头子缩头缩脑偎着小煤炉子取暖。他的儿子下班回家，顺路市得四只鸭梨，以一只奉其父。父得梨，大喜，当即啃了半只，随后就披衣戴帽，拿着一只小碗，冲出门外，在风雪交加中不见了人影。他的儿子只听得大门哐啷一声响，追已无及。越一小时，老头子托着小碗回来了，原来他是要吃温桲拌梨丝！从前酒席，一上来就是四干、四鲜、四蜜饯，温桲、鸭梨是现成的，饭后一盘温桲拌梨丝别有风味（没有鸭梨的时候白菜心也能代替）。这老头子吃剩半个梨，突然想起此味，乃不惜于风雪之中奔走一小时。这就是馋。

人之最馋的时候是在想吃一样东西而又不可得的那一段期间。希腊神话中之谭塔勒斯，水深及颚而不得饮，果实当前而不得食，饿火中烧，痛苦万状，他的感觉不是馋，是求生不成求死不得。馋没有这样地严重。人之犯馋，是在饱暖之余，眼看着、回想起或是谈论到某一美味，喉头像是有馋虫搔抓作痒，只好干咽唾沫。一旦得遂所愿，恣情享受，浑身通泰。抗战七八年，我在后方，真想吃北平的食物，人就是这个样子，对于家乡风味总是念念不忘，其实"千里莼羹，未下盐豉"也不见得像传说的那样迷人。我曾痴想北平羊头肉的风味，想了七八年；胜利还乡之后，一个冬夜，听得深巷卖羊头肉小贩的吆喝声，立即从被窝里爬出来，把小贩唤进门洞，我坐在懒凳上看着他于暗淡的油灯照明之下，抽出一把雪亮的薄刀，横着刀刃片羊脸子，片得飞薄，然后取出一只蒙着纱布的羊角，撒上一些椒盐。我托着一盘羊头肉，重复钻进被窝，在枕上一片一片的羊头肉放进嘴里，不知不觉地进入了睡乡，十分满足地解了馋瘾。但是，老实讲，滋味虽好，总不及在痴想时所想象的香。我小时候，早晨跟我哥哥步行到大鹁鸽市陶氏学堂上学，校门口有个小吃摊贩，切下一片片的东西放在碟子上，撒上红糖汁、玫瑰木樨，淡紫色，样子实在令人馋涎欲滴。走近看，知道是糯米藕。一问价钱，要四个铜板，而我们早点费每天只有两个铜板，我们当下决定，饿一天，明天就可以一尝异味。所付代价太大，所以也不能常吃。糯米藕一直在我心中留下不可磨灭的印象。后来成家立业，想吃糯米藕不费吹灰之力，餐馆里有时也有供应，不过浅尝辄止，不复有当年之馋。

馋与阶级无关。豪富人家，日食万钱，犹云无下箸处，是因为他这种所谓饮食之人放纵过度，连馋的本能和机会都被剥夺了，他不是不馋，也不是太馋，他麻木了，所以他就要千方百计地在食物方面寻求新的材料、新的刺激。我有一位朋友，湖南桂东县人，他那偏僻小县却因乳猪而著名，他告我说每年某巨公派人前去采购乳猪，搭飞机运走，充实他的郇厨。烤乳猪，何地无之？何必远求？我还记得有人治寿筵，客有专诚献"烤方"者，选尺余见方的细皮嫩肉的猪臀一整块，用铁钩挂在架上，以炭肉燔炙，时而武火，时而文火，烤数小时而皮焦肉熟。上桌时，先是一盘脆皮，随后是大薄片的白肉，其味绝美，与广东的烤猪或北平的炉肉风味不同，使得一桌的珍馐相形见绌。可见天下之口有同嗜，普通的一块上好的猪肉，苟处理得法，即快朵颐。像《世说新语》所谓，王武子家的烝豚，乃是以人乳喂养的，实在觉得多此一举，怪不得魏武未终席而去。人是肉食动物，不必等到"七十者可以食肉矣"，平素有一些肉类佐餐，也就可以满足了。

北平人馋，可是也没听说有谁真个馋死，或是为了馋而倾家荡产。大抵好吃的东西都有个季节，逢时按节地享受一番，会因自然调节而不逾矩。开春吃春饼，随后黄花鱼上市，紧接着大头鱼也来了，恰巧这时候后院花椒树发芽，正好掐下来烹鱼。鱼季过后，青蛤当令。紫藤花开，吃藤萝饼；玫瑰花开，吃玫瑰饼；还有枣泥大花糕。到了夏季，"老鸡头才上河哟"，紧接着是菱角、莲蓬、藕、豌豆糕、驴打滚、爱窝窝，一起出现。席上常见水晶肘，坊间唱卖烧羊肉，这时候嫩黄瓜、新蒜头应时而至。秋风一起，先闻到糖炒栗子的气味，然后就是焖烤涮羊肉，还有七尖八团的大螃蟹。"老婆老婆你别馋，过了腊八就是年。"过年前后，食物的丰盛就更不必细说。一年四季的馋，周而复始的吃。

馋非罪，反而是胃口好、健康的现象，比食而不知其味要好得多。

请客 品鉴·赏味

梁实秋

常听人说："若要一天不得安，请客；若要一年不得安，盖房；若要一辈子不得安，娶姨太太。"请客只有一天不得安，为害不算太大，所以人人都觉得不妨偶一为之。

所谓请客，是指自己家里邀集朋友便餐小酌。至于在酒楼饭店"铺筵席，陈尊俎"，呼朋引类，飞觞醉月，享用的是金樽清酒、玉盘珍馐，最后一哄而散，由经手人员造账报销，那种宴会只能算是一种病狂或是罪孽，不提也罢。

妇主中馈，所以要请客必须先归而谋诸妇。这一谋，有分教，非十天半月不能获致结论，因为问题牵涉太广，不能一言而决。

首先要考虑的是请什么人。主客当然早已内定，陪客的甄选大费酌量。眼睛生在眉毛上边的宦场中人，吃不饱饿不死的教书匠，一身铜臭的大腹贾，小头锐面的浮华少年……若是聚

200

在一个桌上吃饭，便有些像是鸡兔同笼，非常勉强。把素未谋面的人拘在一起，要他们有说有笑，同时食物都能顺利地从咽门下去，也未免强人所难。主人从中调处，殷勤了这一位，怠慢了那一位，想找一些大家都有兴趣的话题亦非易事。所以客人需要分类，不能鱼龙混杂。客的数目视设备而定，若是能把所有该请的客人一网打尽，自然是经济算盘，但是算盘亦不可打得太精。再大的圆桌面也不过能坐十三四个体态中型的人。说来奇怪，客人单身者少，大概都有宝眷，一请就是一对，一桌只好当半桌用。有人请客宽发笺帖，心想总有几位心领谢谢，万想不到人人惠然肯来，而且还有一位特别要好的带来一个七八岁的小宝宝！主人慌忙添座，客人谦让，"孩子坐我腿上！"大家挤挤攘攘，其中还不乏中年发福之士，把圆桌围得密不通风，上菜需飞越人头，斟酒要从耳边下注，前排客满，主人在二排敬陪。

拟菜单也不简单。任何家庭都有它的招牌菜，可惜很少人肯用其所长，大概是以平素见过的饭馆酒席的局面作为蓝图。家里有厨师厨娘，自然一声吩咐，不再劳心，否则主妇势必亲自下厨操动刀俎。主人多半是擅长理论，真让他切葱剥蒜都未必能够胜任。所以拟订菜单，需要自知之明，临时"钻锅"翻看食谱未必有济于事。四冷荤、四热炒、四压桌，外加两道点心，似乎是无可再减，大鱼大肉，水陆杂陈，若不能使客人连串地打饱嗝，不能算是尽兴。菜单拟订的原则是把客人一个个地填得嘴角冒油。而客人所希冀的也往往是一场牙祭。有人以水饺宴客，馅子是猪肉菠菜，客人咬了一口，大叫："哟，里面怎么净是青菜！"一般人还是欣赏肥肉厚酒，管它是不是烂肠之食！

宴客的吉日近了，主妇忙着上菜市，挑挑拣拣，拣拣挑挑，又要物美又要价廉，装满两个篮子，半途休憩好几次才能气喘汗流地回到家。泡的、洗的、剥的、切的，闹哄一两天，然后丑媳妇怕见公婆也不行，吉日到了。客人早已折简相邀，难道还会不肯枉驾？不，守时不是我们的传统。准时到达，岂不像是"头如穿庐咽细如针"的饿鬼？要让主人干着急，等他一催请再催请，然后徐徐命驾，姗姗来迟，这才像是大家风范。当然朋友也有特别性急而提早莅临的，那也使得主人措手不及，慌成一团。客人的性格不一样，有人进门就选一个最好的座位，两脚高架案上，真是宾至如归；也有人寒暄两句便一头扎进厨房，声称要给主妇帮忙，系着围裙伸着两只油手的主妇连忙谦谢不迭。等到客人到齐，无不饥肠辘辘。

落座之前还少不了你推我让的一幕。主人指定座位，时常无效，除非事前摆好名牌，而且写上官衔，分层排列，秩序井然。敬酒按说是主人的责任，但是也时常有热心人士代为执壶，而且见杯即斟，每斟必满。不知是什么时候什么人兴出来的陋习，几乎每个客人都会双手举杯齐眉，对着在座的每一位客人敬酒，一霎间敬完一圈，但见杯起杯落，如"兔儿爷捣碴"。不喝酒的也要把汽水杯子高高举起，虚应故事，喝酒的也多半是狞眉皱眼地抿那么一小口。一大盘热乎乎的东西端上来了，像翅羹，又像糨糊，一人一勺子，盘底花纹隐约可见，上面撒着的一层芫荽不知被哪一位像芟除毒草似的拨到了盘下，又不知被哪一位从盘下夹到嘴里吃了。还有人坚持海味非蘸醋不可，高呼要醋，等到一碟"忌讳"送上台面，海味早已不见了。菜是一道一道地上，上一道客人喊一次"太丰富，太丰富"，然后埋头大嚼，不敢后人。主人照例谦称："不成敬意，家常便饭。"心直口快的客人就许提出疑问："这样的家常便饭，怕不要吃穷了？"主人也只好扑哧一笑而罢。将近尾声的时候，大概总有一位要先走一步，因为还有好几处应酬。这时候主妇踱了进来，红头涨脸，额角上还有几颗没揩干净的汗珠。客人举起空杯向她表示慰劳之意，她坐下胡乱吃一些残羹剩炙。

席终，香茗、水果伺候，客人靠在椅子上剔牙，这时节应该是客去主人安了。但是不，大家雅兴不浅，谈锋尚健，饭后磕牙，海阔天空，谁也不愿首先言辞，致败人意。最后大概是主人打了一个哈欠而忘了掩口，这才有人提议散会。天下无不散之筵席，奈何奈何？不要以为席终人散，立即功德圆满，地上有无数的瓜子皮、纸烟灰，桌上杯碟狼藉，厨房里有堆成山的盘碗锅勺，等着你办理善后！

宴之趣

品鉴·赏味

郑振铎

虽然是冬天，天气却并不怎么冷，雨点淅淅沥沥地滴个不已，灰色云是弥漫着；火炉的火是熄下了，在这样的秋天似的天气中，生了火炉未免是过于燠暖了。家里一个人也没有，他们都出外"应酬"去了。独自在这样的房里坐着，读书的兴趣也引不起，偶然地把早晨的日报翻着，翻着，看看它的广告，忽然想起去看Merry Widow[1]吧。于是独自地上了电车，到派克路跳下了。

在黑漆的影戏院中，乐队悠扬地奏着乐，白幕上的黑影，坐着，立着，追着，哭着，笑着，愁着，怒着，恋着，失望着，决斗着，那还不是那一套，他们写了又写，演了又演的那

1　即《风流寡妇》，1905年在奥地利维也纳首演的三幕轻歌剧。

一套故事。

但至少，我是把一句话记住在心上了：

有多少次，我是饿着肚子从晚餐席上跑开了。

这是一句隽妙无比的名句；借来形容我们宴会无虚日的交际社会，真是很确切的。

每一个商人，每一个官僚，每一个略略交际广了些的人，差不多他们的每一个黄昏，都是消磨在酒楼菜馆之中的。有的时候，一个黄昏要赶着去赴三四处的宴会。这些忙碌的交际者真是妓女一样，在这里坐一坐，就走开了，又赶到另一个地方去了，在那一个地方又只略坐一坐，又赶到再一个地方去了。他们的肚子定是不会饱的，我想。有几个这样的交际者，当酒阑灯灺，应酬完毕之后，定是回到家中，叫底下人烧了稀饭来堆补空肠的。

我们在广漠繁华的上海，简直是一个村气十足的"乡下人"；我们住的是乡下，到"上海"去一趟是不容易的，我们过的是乡间的生活，一月中难得有几个黄昏是在"应酬"场中度过的。有许多人也许要说我们是"孤介"，那是很清高的一个名词。似我们实在不是如此，我们不过是不惯征逐于酒肉之场，始终保持着不大见世面的"乡下人"的色彩而已。

偶然的有几次，承一两个朋友的好意，邀请我们去赴宴。

在座的至多只有三四个熟人，那一半生客，还要主人介绍或自己去请教尊姓大名，或交换名片，把应有的初见面的应酬的话讷讷地说完了之后，便默默地相对无言了。说的话都不是有着落，都不是从心里发出的；泛泛的，是几个音声，由喉咙头溜到口外的而已。过后自己想起那样的敷衍的对话，未免要为之失笑。如此的，说是一个黄昏在繁灯絮语之宴席上度过了，然而那是如何没有生趣的一个黄昏呀！

有几次，席上的生客太多了，除了主人之外没有一个是认识的；请教了姓名之后，也随即忘记了。除了和主人说几句话之外，简直是无从和他们谈起。不晓得他们是什么行业，不晓得他们是什么性质的人，有话在口头也不敢随意地高谈起来。那一席宴，真是如坐针毡；精美的羹菜，一碗碗地捧上来，也不知是什么味儿。终于忍不住了，只好向主人撒一个谎，说身体不大好过，或是说还有应酬，一定要去的——如果在谣言很多的这几天当然是更好托辞了，说我怕戒严提早，要被留在华界之外——虽然这是无礼貌的，不大应该的，虽然主人是照例地殷勤地留着，然而我却不顾一切地不得不走了。这个黄昏实在是太难挨得过去了！回到家里以后，买了一碗稀饭，即使只有一小盏萝卜干下稀饭，反而觉得舒畅，有意味。

如果有什么友人做喜事，或寿事，在某某花园、某某旅社的大厅里，大张旗鼓地宴客，不幸我们是被邀请了，更不幸我们是太熟的友人，不能不到，也不能道完了喜或拜完了寿，立刻就托辞溜走的，于是这又是一个可怕的黄昏。常常地张大了两眼，在寻找熟人。好容易找到了，一定要紧紧地和他们挤在一处，不敢失散。到了坐席时，便至少有两三人在一块儿可以谈谈了，不至于一个人独自地局促在一群生面孔的人当中，惶恐而且空虚。当我们两三人在津津地谈着自己的事时，偶然抬起眼来看着对面的一个坐客，他是凄然无侣地坐着；大家酒杯举了，他也举着；菜来了，一个人说"请，请"，同时把牙箸伸到盘边，他也说"请，请"，也同样地把牙箸伸出。除了吃菜之外，他没有目的，菜完了，他便局促地独坐着。我们见了他，总要代他难过，然而他终于能够终了席方才起身离座。

宴会之趣味如果仅是这样的，那么，我们将咒诅那第一个发明请客的人；喝酒的趣味如果仅是这样的，那么，我们也将打倒杜康与狄奥尼修士[1]了。

然而又有的宴会却幸而并不是这样的，我们也还有别的可以引起喝酒的趣味的环境。

独酌，据说，那是很有意思的。我少时，常见祖父一个人执了一把锡的酒壶，把黄色的酒倒在白瓷小杯里，举了杯独酌着；喝了一小口，真正一小口，便放下了，又拿起筷子来夹菜。因此，他食得很慢，大家的饭碗和筷子都已放下了，且

---

1 今译狄俄尼索斯，希腊神话中的酒神。

已离座了，而他却还在举着酒杯，不匆不忙地喝着。他的吃饭，尚在再一个半点钟之后呢。而他喝着酒，颜微酡着，常常叫道："孩子，来。"而我们便到了他的跟前。他夹了一块只有他独享着的菜蔬放在我们口中，问道："好吃吗？"我们往往以点点头答之。在孙男与孙女中，他特别地喜欢我，叫我前去的时候尤多。常常地，他把有了短髭的嘴吻着我的面颊，微微有些刺痛，而他的酒气从他的口鼻中直喷出来。这是使我很难受的。

这样地，他消磨过了一个中午和一个黄昏。天天都是如此。我没有享受过这样的乐趣，然而回想起来，似乎他那时是非常地高兴，他是陶醉着，为快乐的雾所围着，似乎他的沉重的忧郁都从心上移开了，这里便是他的全个世界，而全个世界也便是他的。

别一个宴之趣，是我们近几年所常常领略到的，那就是集合了好几个无所不谈的朋友，全座没有一个生面孔，在随意地喝着酒，吃着菜，上天下地地谈着。有时说着很轻妙的话，说着很可发笑的话，有时是如火如剑的激动的话，有时是深切的论学谈艺的话，有时是随意地取笑着，有时是面红耳热地争辩着，有时是高妙的理想在我们的谈锋上触着，有时是恋爱的遇合与家庭的与个人的身世使我们谈个不休。每个人都把他的心胸赤裸裸地袒开了，每个人都把他的向来不肯给人看的面孔显露出来了；每个人都谈着，谈着，谈着，只有更兴奋地谈着，毫不觉得"疲倦"是怎么一个样子。酒是喝得干了，菜是已经没有了，而他们却还是谈着，谈着，谈着。那个地方，即使是很喧闹的，很湫狭的，向来所不愿意多坐的，而这时大家却都忘记了这些事，只是谈着，谈着，谈着，没有一个人愿意先说起告别的话。要不是为了戒严或家庭的命令，竟不会有人想走开的。虽然这些闲谈都是琐屑之至的，都是无意味的，而我们却已在其间得到宴之趣了——其实在这些闲谈中，我们是时时可发现许多珠宝的；大家都互相地受着影响，大家都更进一步了解他的同伴，大家都可以从那里得到些教训与利益。

"再喝一杯，只要一杯，一杯。"

"不，不能喝了，实在的。"

不会喝酒的人每每这样地被强迫着而喝了过量的酒。面部红红的，映在灯光之下，是向来所未有的壮美的丰采。

"圣陶，干一杯，干一杯。"我往往地举起杯来对着他说，我是很喜欢一口一杯地喝酒的。

"慢慢地，不要这样快，喝酒的趣味，在于一小口一小口地喝，不在于'杯干'。"圣陶反抗似的说，然而终于他是一口干了，一杯又是一杯。

连不会喝酒的愈之、雁冰，有时，竟也被我们强迫得干了一杯。于是大家哄然地大笑，是发出于心之绝底的笑。

再有，佳年好节，合家团团地坐在一桌上，放了十几双的红漆筷子，连不在家中的人也都放着一双筷子，都排着一个座位。小孩子笑滋滋地闹着吵着，母亲和祖母温和地笑着，妻子忙碌着，指挥着厨房中、厅堂中仆人们的做菜、端菜，那也是特有一种融融泄泄的乐趣，为孤独者所妒羡不置的，虽然并没有和同伴们同在时那样的宴之趣。

还有，一对恋人在酒店的密室中晚餐；还有，从戏院中偕了妻子出来，同登酒楼喝一二杯酒；还有，伴着祖母或母亲在熊熊的炉火旁边，放了几盏小菜，闲吃着消夜的酒，那都是使身临其境的人心醉神怡的。

宴之趣是如此的不同呀！

谈吃

品鉴·赏味

夏丏尊

　　说起新年的行事，第一件在我脑中浮起的是吃。回忆幼时一到冬季就日日盼望过年，等到过年将届就乐不可支，因为过年的时候有种种乐趣，第一是吃的东西多。

　　中国人是全世界善吃的民族。普通人家，客人一到，男主人即上街办吃场，女主人即入厨罗酒浆，客人则坐在客堂里口嗑瓜子，耳听碗盏刀俎的声响，等候吃饭。吃完了饭，大事已毕，客人拔起步来说"叨扰"，主人说"没有什么好的待你"，有的还要苦留："吃了点心去""吃了夜饭去"。

　　遇到婚丧，庆吊只是虚文，果腹倒是实在。排场大的大吃七日五日，小的大吃三日一日。早饭、午饭、点心、夜饭、夜点心，吃了一顿又一顿，吃得不亦乐乎，真是酒可为池，肉可成林。

　　过年了，轮流吃年饭，送食物。新年了，彼此拜来拜去，讲吃局。端午要吃，中秋要吃，生日要吃，朋友相会要吃，相别要吃。只要取得出名词，就非吃不可，而且一吃就了事，此外不必有别的什么。

小孩子于三顿饭以外，每日好几次地向母亲讨铜板，买食吃。普通学生最大的消费不是学费，不是书籍费，乃是吃的用途。成人对于父母的孝敬，重要的就是奉甘旨。中馈自古占着女子教育上的主要部分。"食不厌精，脍不厌细"，"沽酒，市脯"，"割不正"，圣人不吃。梨子蒸得味道不好，贤人就可以出妻。家里的老婆如果弄得出好菜，就可以骄人。古来许多名士至于费尽苦心，别出心裁，考察出好几部特别的食谱来。

不但活着要吃，死了仍要吃。他民族的鬼只要香花就满足了，而中国的鬼仍依旧非吃不可。死后的饭碗，也和活时的同样重要，或者还更重要。普通人为了死后的所谓"血食"，不辞广蓄姬妾，预置良田。道学家为了死后的冷猪肉，不辞假仁假义，拘束一世。朱竹垞宁不吃冷猪肉，不肯从其诗集中删去《风怀二百韵》的艳诗，至今犹传为难得的美谈，足见冷猪肉牺牲不掉的人之多了。

不但人要吃，鬼要吃，神也要吃，甚至连没嘴巴的山川也要吃。有的但吃猪头，有的要吃全猪，有的是专吃羊的，有的是专吃牛的，各有各的胃口，各有各的嗜好，古典中大都详有规定，一查就可知道。较之于他民族的对神只作礼拜，似乎他民族的神极端唯心，中国的神倒是极端唯物的。

梅村的诗道"十家三酒店"，街市里最多的是食物铺。俗语说"开门七件事"，家庭中最麻烦的不是教育或是什么，乃是料理食物。学校里最难处置的不是程度如何提高，教授如何改进，乃是饭厅风潮。

俗语说得好，只有"两脚的爷娘不吃，四脚的眠床不吃"。中国人吃的范围之广，真可使他国人为之吃惊。中国人于世界普通的食物之外，还吃着他国人所不吃的珍馐：吃西瓜的实，吃鲨鱼的鳍，吃燕子的窠，吃狗，吃乌龟，吃狸猫，吃癞蛤蟆，吃癞头鼋，吃小老鼠。有的或竟至吃到小孩的胞衣以及直接从人身上取得的东西。如果能够，怕连天上的月亮也要挖下来尝尝哩。

至于吃的方法，更是五花八门，有烤，有炖，有蒸，有卤，有炸，有烩，有熏，有醉，有炙，有熘，有炒，有拌，真正一言难尽。古来尽有许多做菜的名厨司，其名字都和名卿相一样煊赫地留在青史上。不，他们之中有的并升到高位，老老实实就是名卿相。如果中国有一件事可以向世界自豪的，那么这并不是历史之久，土地之大，人口之众，军队之多，战争之频繁，乃是善吃的一事。中国的肴菜已征服了全世界了。有人说中国人有三把刀为世界所不及，第一把就是厨刀。

不见到喜庆人家挂着的福禄寿三星图吗？福禄寿是中国人生活上的理想。画上的排列是禄居中央，右是福，寿居左。禄也者，拆穿了说就是吃的东西。老子也曾说过："虚其心实其腹""圣人为腹不为目"。吃最要紧，其他可以不问。"嫖赌吃着"之中，普通人皆认吃最实惠。所谓"着威风，吃受用，赌对冲，嫖全空"，什么都假，只有吃在肚里是真的。

吃的重要，更可于国人所用的言语上证之。在中国，吃字的意义特别复杂，什么都会带了"吃"字来说。被人欺负曰"吃亏"，打巴掌曰"吃耳光"，希求非分曰"想吃天鹅肉"，诉讼曰"吃官司"，中枪弹曰"吃卫生丸"，此外还有什么"吃生活""吃排头"等等。相见的寒暄，他民族说"早安""午安""晚安"，而中国人则说："吃了早饭没有？""吃了中饭没有？""吃了夜饭没有？"

对于职业，普通也用吃字来表示，营什么职业就叫作吃什么饭。"吃赌饭""吃堂子饭""吃洋行饭""吃教书饭"，诸如此类，不必说了。甚至对于应以信仰为本的宗教者，应以保卫国家为职志的军士，也都加吃字于上。在中国，教徒不称信者，叫作"吃天主教的""吃耶稣教的"，从军的不称军人，叫作"吃粮的"，最近还增加了什么"吃党饭""吃三民主义"的许多新名词。

衣食住行为生活四要素，人类原不能不吃。但吃字的意义如此复杂，吃的要求如此露骨，吃的方法如此麻烦，吃的范围如此广泛，好像除了吃以外就无别事也者，求之于全世界，这怕只有中国人如此的了。

在中国，衣不妨污浊，居室不妨简陋，道路不妨泥泞，而独在吃上却分毫不能马虎。衣食住行的四事之中，食的程度远高于其余一切，很不调和。中国人的文化，可以说是口的文化。

佛家说六道轮回，把众生分为天、人、修罗、畜生、地狱、饿鬼六道。如果我们相信这话，那么中国民族是否都从饿鬼道投胎而来，真是一个疑问。

五味 品鉴·赏味

汪曾祺

　　山西人真能吃醋！几个山西人在北京下饭馆，坐定之后，还没有点菜，先把醋瓶子拿过来，每人喝了三调羹醋。邻座的客人直瞪眼。有一年我到太原去，快过春节了。别处过春节，都供应一点好酒，太原的油盐店却都贴出一个条子："供应老陈醋，每户一斤。"这在山西人是大事。

　　山西人还爱吃酸菜，雁北尤甚。什么都拿来酸，除了萝卜白菜，还包括杨树叶子，榆树钱儿。有人来给姑娘说亲，当妈的先问，那家有几口酸菜缸。酸菜缸多，说明家底子厚。

　　辽宁人爱吃酸菜白肉火锅。

　　北京人吃羊肉酸菜汤下杂面。

　　福建人、广西人爱吃酸笋。我和贾平凹在南宁，不爱吃招待所的饭，到外面瞎吃。平凹一进门，就叫："老友面！""老友面"煮酸笋肉丝氽汤下面也，不知道为什么叫作"老友"。

傣族人也爱吃酸。酸笋炖鸡是名菜。

延庆山里夏天爱吃酸饭。把好好的饭焐酸了，用井拔凉水一和，呼呼地就下去了三碗。

都说苏州菜甜，其实苏州菜只是淡，真正甜的是无锡。无锡炒鳝糊放那么多糖！包子的肉馅里也放很多糖，没法吃！

四川夹沙肉用大片肥猪肉夹了洗沙蒸，广西芋头扣肉用大片肥猪肉夹芋泥蒸，都极甜，很好吃，但我最多只能吃两片。

广东人爱吃甜食。昆明金碧路有一家广东人开的甜食店，卖芝麻糊、绿豆沙，广东同学趋之若鹜。"番薯糖水"即用白薯切块熬的汤，这有什么好喝的呢？广东同学曰："好也！"

北方人不是不爱吃甜，只是过去糖难得。我家曾有老保姆，正定乡下人，六十多岁了。她还有个婆婆，八十几了。她有一次要回乡探亲，临行称了二斤白糖，说她的婆婆就爱喝个白糖水。

北京人很保守，过去不知苦瓜为何物，近年有人学会吃了。菜农也有种的了。农贸市场上有很好的苦瓜卖，属于"细菜"，价颇昂。

北京人过去不吃蕹菜，不吃木耳菜，近年也有人爱吃了。北京人在口味上开放了！

北京人过去就知道吃大白菜。由此可见，大白菜主义是可以被打倒的。

北方人初春吃苣荬菜。苣荬菜分甜荬、苦荬，苦荬相当地苦。

有一个贵州的年轻女演员在我们剧团学戏，她的妈妈远迢迢给她寄来一包东西，是"者耳根"，或名"则尔根"，即鱼腥草。她让我尝了几根。这是什么东西？苦倒不要紧，有一股强烈的生鱼腥味，实在招架不了！

　　剧团有一干部，是写字幕的，有时也管杂务。此人是个吃辣的专家。他每天中午饭不吃菜，吃辣椒下饭。全国各地的、少数民族的，各种辣椒，他都千方百计地弄来吃。剧团到上海演出，他帮助搞伙食，这下好，不会缺辣椒吃。原以为上海辣椒不好买，他下车第二天就找到一家专卖各种辣椒的铺子。上海人有一些是能吃辣的。

　　我的吃辣是在昆明练出来的，曾跟几个贵州同学在一起用青辣椒在火上烧烧，蘸盐水下酒。平生所吃辣椒亦多矣，什么朝天椒、野山椒，都不在话下。我吃过最辣的辣椒是在越南。1946年，由越南转道往上海，在海防街头吃牛肉粉。牛肉极嫩，汤极鲜，辣椒极辣，一碗汤粉，放三四丝辣椒就辣得不行。这种辣椒的颜色是橘黄色的。在川北，听说有一种辣椒本身不能吃，用一根线吊在灶上，汤做得了，把辣椒在汤里涮涮，就辣得不得了。云南佧佤族[1]有一种辣椒，叫"涮涮辣"，与川北吊在灶上的辣椒大概不相上下。

1　佤族的旧称。

四川可说是最能吃辣的省份，川菜的特点是辣而且麻——搁很多花椒。四川的小面馆的墙壁上黑漆大书三个字：麻辣烫。麻婆豆腐、干煸牛肉丝、棒棒鸡，不放花椒不行。花椒得是川椒，捣碎，菜做好了，最后再放。

　　周作人说他的家乡整年吃咸极了的咸菜和咸极了的咸鱼。浙东人确是吃得很咸。有个同学，是台州人，到铺子里吃包子，掰开包子就往里倒酱油。口味的咸淡和地域是有关系的。北京人说南甜北咸东辣西酸，大体不错。河北、东北人口重，福建菜多很淡。但这与个人的性格习惯也有关。湖北菜并不咸，但闻一多先生却嫌云南蒙自的菜太淡。

　　中国人过去对吃盐很讲究，如桃花盐、水晶盐，"吴盐胜雪"，现在则全国都吃再制精盐。只有四川人腌咸菜还用自流井的井盐。

　　我不知世上还有什么国家的人爱吃臭。

　　过去上海、南京、汉口都卖油炸臭豆腐干。长沙火宫殿的臭豆腐因为一个大人物年轻时常吃而出了名。这位大人物后来还去吃过，说了一句话："火宫殿的臭豆腐还是好吃。""文化大革命"中火宫殿的影壁上就出现了两行大字：

最高指示：

火宫殿的臭豆腐还是好吃。

我们一个同志到南京出差，他的爱人是南京人，嘱咐他带一点臭豆腐干回来。他千方百计，居然办到了。带在火车上，引起一车厢的人强烈抗议。

除豆腐干外，面筋、百叶（千张）亦可臭。蔬菜里的莴苣、冬瓜、豇豆皆可臭。冬笋的老根咬不动，切下来随手就扔进臭坛子里。——我们那里很多人家都有个臭坛子，一坛子"臭卤"。腌芥菜挤下的汁放几天即成"臭卤"。臭物中最特殊的是臭苋菜秆。苋菜长老了，主茎可粗如拇指，高三四尺。截成二寸许小段，入臭坛。臭熟后，外皮是硬的，里面的芯呈果冻状。嚼住一头，一吸，芯肉即入口中。这是佐粥的无上妙品。我们那里叫作"苋菜秸子"，湖南人谓之"苋菜咕"，因为吸起来"咕"的一声。北京人说的臭豆腐指臭豆腐乳。过去是小贩沿街叫卖的："臭豆腐，酱豆腐，王致和的臭豆腐。"臭豆腐就贴饼子，熬一锅虾米皮白菜汤，好饭！现在王致和的臭豆腐用很大的玻璃方瓶装，很不方便，一瓶一百块，得很长时间才能吃完，而且卖得很贵，成了奢侈品。

我在美国吃过最臭的"气死"（干酪），洋人多闻之掩鼻，对我说起来实在没有什么，比臭豆腐差远了。

甚矣，中国人口味之杂也，敢说堪为世界之冠。

吃的

朱自清

提到欧洲的吃喝，谁总会想到巴黎，伦敦是算不上的。不用说别的，就说煎山药蛋吧。法国的切成小骨牌块儿，黄争争的，油汪汪的，香喷喷的；英国的"条儿"（chips）却半黄半黑，不冷不热，干干儿的什么味也没有，只可以当饱罢了。再说英国饭吃来吃去，主菜无非是煎炸牛肉排羊排骨，配上两样素菜；记得在一个人家住过四个月，只吃过一回煎小牛肝儿，算是新花样。可是菜做得简单，也有好处；材料坏容易见出，像大陆上厨子将坏东西做成好样子，在英国是不会的。大约他们自己也觉着腻味，所以一九二六那一年有一位华衣脱女士（E.White）组织了一个英国民间烹调社，搜求各市各乡的食谱，想给英国菜换点儿花样，让它好吃些。一九三一年十二月烹调社开了一回晚餐会，从十八世纪以来的食谱中选了五样菜（汤和点心在内），据说是又好吃，又不费事。这时候正是

221

英国的国货年，所以报纸上颇为揄扬一番。可是，现在欧洲的风气，吃饭要少要快，那些陈年的老古董，怕总有些不合时宜吧。

吃饭要快，为的忙，欧洲人不能像咱们那样慢条斯理儿的，大家知道。干吗要少呢？为的卫生，固然不错，还有别的：女的男的都怕胖。女的怕胖，胖了难看；男的也爱那股标劲儿，要像个运动家。这个自然说的是中年人少年人；老头子挺着个大肚子的却有的是。

欧洲人一日三餐，分量颇不一样。像德国，早晨只有咖啡面包，晚间常冷食，只有午饭重些。法国早晨是咖啡、月芽饼，午饭晚饭似乎一般分量。英国却早晚饭并重，午饭轻些。英国讲究早饭，和我国成都等处一样。有麦粥、火腿蛋、面包、茶，有时还有熏咸鱼，果子。午饭顶简单的，可以只吃一块烤面包，一杯咖啡；有些小饭店里出卖午饭盒子，是些冷鱼冷肉之类，却没有卖晚饭盒子的。

伦敦头等饭店总是法国菜，二等的有意大利菜、法国菜、瑞士菜之分；旧城馆子和茶饭店等才是本国味道。茶饭店与煎炸店其实都是小饭店的别称。茶饭店的"饭"原指的午饭，可是卖的东西并不简单，吃晚饭满成；煎炸店除了煎炸牛肉排羊排骨之外，也卖别的。头等饭店没去过，意大利的馆子却去过两家。一家在牛津街，规模很不小，晚饭时有女杂耍和跳舞。只记得那回第一道菜是生蚝之类；一种特制的盘子，边上围着七八个圆格子，每格放半个生蚝，吃起来很雅相。另一家在由斯敦路，也是个热闹地方。这家却小小的，通心细粉做得最好；将粉切成半分来长的小圈儿，用黄油煎熟了，平铺在盘儿里，撒上干酪（计司）粉，轻松鲜美，妙不可言。还有炸"搦气蚝"，鲜嫩清香，蛏蜊、瑶柱都不能及；只有宁波的蛎黄仿佛近之。

茶饭店便宜的有三家：拉衣恩司（Lyons），快车奶房，ABC面包房。每家都开了许多店子，遍布市内外；ABC比较少些，也贵些，拉衣恩司最多。快车奶房炸小牛肉小牛肝和红烧鸭块都还可口；他们烧鸭块用木炭火，所以颇有中国风味。ABC炸牛肝也可吃，但火急肝老，总差点儿事；点心烤得却好，有几件比得上北平法国面包房。拉衣恩司似乎没什么出色的东西；但他家有两处"角店"，都在闹市转角处，那里却有好吃的。角店一是上下两大间，一是三层三大间，都可容一千五百人左右；晚上有乐队奏乐。一进去只见黑压压地坐满了人，过道处窄得可以，但是气象颇为阔大（有个英国学生讥为"穷人的宫殿"，也许不错）；在那里往往找了半天站了半天才等着空位子。这三家所有的店子都用女侍者，只有两处角店里却用了些男侍者——男侍者工钱贵些。男女侍者都穿了黑制服，女的更戴上白帽子，分层招待客人。也只有在角店里才要给点小费（虽然门上标明"无小费"字样），别处这三家开的铺子里都不用给的。曾去过一处角店，烤鸡做得还入味；但是一只鸡腿就合中国一元五角，若吃鸡翅还要贵点儿。茶饭店有时备着骨牌等等，供客人消遣，可是向侍者要了玩的极少；客人多的地方，老是有人等位子，干脆就用不着备了。此外还有一种生蚝店，专吃生蚝，不便宜；一位房东太太告诉我说"不卫生"，但是吃的人也不见少。吃生蚝却不宜在夏天，所以英国人说月名中没有"R"（五六七八月），生蚝就不当令了。伦敦中国饭店也有七八家，贵贱差得很大，看地方而定。菜虽也有些高低，可都是变相的广东味儿，远不如上海新雅好。在一家广东楼要过一碗鸡肉馄饨，合中国一元六角，也够贵了。

茶饭店里可以吃到一种甜烧饼（muffin）和窝儿饼（crumpet）。甜烧饼仿佛我们的火烧，但是没馅儿，软软的，略有甜味，好像掺了米粉做的。窝儿饼面上有好些小窝窝儿，像蜂房，比较的薄，也像掺了米粉。这两样大约都是法国来的；但甜烧饼来得早，至少二百年前就有了。厨师多住在祝来巷（Drury Lane），就是那著名的戏园子的地方；从前用盘子顶在头上卖，手里摇着铃子。那时节人家都爱吃，买了来，多多抹上黄油，在客厅或饭厅壁炉上烤得热辣辣的，让油都浸进去，一口咬下来，要不沾到两边口角上。这种偷闲的生活是很有意思的。但是后来的窝儿饼浸油更容易，更香，又不太厚，太软，有咬嚼些，样式也波俏；人们渐渐地喜欢它，就少买那甜烧饼了。一位女士看了这种光景，心下难过；便写信给《泰晤士报》，为甜烧饼抱不平。《泰晤士报》特地做了一篇小社论，劝人吃甜烧饼以存古风；但对于那位女士所说的窝儿饼的坏话，却宁愿存而不论，大约那论者也是爱吃窝儿饼的。

复活节（三月）时候，人家吃煎饼（pancake），茶饭店里也卖；这原是忏悔节（二月底）忏悔人晚饭后去教堂之前吃了好熬饿的，现在却在早晨吃了。饼薄而脆，微甜。北平中原公司卖的"胖开克"（煎饼的音译）却未免太"胖"，而且软了。——说到煎饼，想起一件事来：美国麻省勃克夏地方（Berkshire Country）有"吃煎饼竞争"的风俗，据《泰晤士报》说，一九三二的优胜者一气吃下四十二张饼，还有腊肠热咖啡。这可算"真正大肚皮"了。

英国人每日下午四时半左右要喝一回茶，就着烤面包黄油。请茶会时，自然还有别的，如火腿夹面包，生豌豆苗夹面包，茶馒头（tea scone），等等。他们很看重下午茶，几乎必不可少。又可乘此请客，比请晚饭简便省钱得多。英国人喜欢喝茶，过于喝咖啡，和法国人相反；他们也煮不好咖啡。喝的茶现在多半是印度茶；茶饭店里虽卖中国茶，但是主顾寥寥。不让利权外溢固然也有关系，可是不利于中国茶的宣传（如说制时不干净）和茶味太淡才是主要原因。印度茶色浓味苦，加上牛奶和糖正合式；中国红茶不够劲儿，可是香气好。奇怪的是茶饭店里卖的，色香味都淡得没影子。那样茶怎么会运出去，真莫名其妙。

街上偶然会碰着提着筐子卖落花生的（巴黎也有），推着四轮车卖炒栗子的，教人有故国之思。花生栗子都装好一小口袋一小口袋的，栗子车上有炭炉子，一面炒，一面装，一面卖。这些小本经纪在伦敦街上也颇古色古香，点缀一气。栗子是干炒，与我们"糖炒"的差得太多了。——英国人吃饭时也有干果，如核桃、榛子、榧子，还有巴西乌菱（原名 Brazils，巴西出产，中国通称"美国乌菱"），乌菱实大而肥，香脆爽口，运到中国的太干，便不大好。他们专有一种干果夹，像钳子，将干果夹进去，使劲一握夹子柄，"格"的一声，皮壳碎裂，有些蹦到远处，也好玩儿的。苏州有瓜子夹，像剪刀，却只透着玲珑小巧，用不上劲儿去。

论吃饭

品鉴·赏味

朱自清

　　我们有自古流传的两句话：一是"衣食足则知荣辱"，见于《管子·牧民》篇，一是"民以食为天"，是汉朝郦食其说的。这些都是从实际政治上认出了民食的基本性，也就是说从人民方面看，吃饭第一。另一方面，告子说，"食色，性也"，是从人生哲学上肯定了食是生活的两大基本要求之一。《礼记·礼运》篇也说到"饮食男女，人之大欲存焉"，这更明白。照后面这两句话，吃饭和性欲是同等重要的，可是照这两句话里的次序，"食"或"饮食"都在前头，所以还是吃饭第一。这吃饭第一的道理，一般社会似乎也都默认。虽然历史上没有明白的记载，但是近代的情形，据我们的耳闻目见，似乎足以教我们相信从古如此。例如苏北的饥民群到江南就食，差不多年年有。最近天津《大公报》登载的费孝通先生的《不是崩溃是瘫痪》一文中就提到这个。这些难民虽然让人们讨厌，可是得给他们饭吃。给他们饭吃固然也有一二成出于慈善心，就是恻隐心，但是八九成是怕他们，怕他们铤而走险，"小人穷斯滥矣"，什么事做不出来！给他们吃饭，江南人算是认了。

可是法律管不着他们吗？官儿管不着他们吗？干吗要怕要认呢？可是法律不外乎人情，没饭吃要吃饭是人情，人情不是法律和官儿压得下的。没饭吃会饿死，严刑峻罚大不了也只是个死，这是一群人，群就是力量：谁怕谁！在怕的倒是那些有饭吃的人们，他们没奈何只得认点儿。

所谓人情，就是自然的需求，就是基本的欲望，其实也就是基本的权利。但是饥民群还不自觉有这种权利，一般社会也还不会认清他们有这种权利；饥民群只是冲动地要吃饭，而一般社会给他们饭吃，也只是默认了他们的道理，这道理就是吃饭第一。

三十年[1]夏天笔者在成都住家，知道了所谓"吃大户"的情形。那正是青黄不接的时候，天又干，米粮大涨价，并且不容易买到手。于是乎一群一群的贫民一面抢米仓，一面"吃大户"。他们开进大户人家，让他们煮出饭来吃了就走。这叫作"吃大户"。"吃大户"是和平的手段，照惯例是不能拒绝的，虽然被吃的人家不乐意。当然真正有势力的尤其有枪杆的大

1　即民国三十年，1941年。

户，穷人们也识相，是不敢去吃的。敢去吃的那些大户，被吃了也只好认了。那回一直这样吃了两三天，地面上一面赶办平粜，一面严令禁止，才打住了。据说这"吃大户"是古风；那么上文说的饥民就食，该更是古风吧。

但是儒家对于吃饭却另有标准。孔子认为政治的信用比民食更重，孟子倒是以民食为仁政的根本；这因为春秋时代不必争取人民，战国时代就非争取人民不可。然而他们论到士人，却都将吃饭看作一个不足重轻的项目。孔子说，"君子固穷"，说吃粗饭，喝冷水，"乐在其中"，又称赞颜回吃喝不够，"不改其乐"。道学家称这种乐处为"孔颜乐处"，他们教人"寻孔颜乐处"，学习这种为理想而忍饥挨饿的精神。这理想就是孟子说的"穷则独善其身，达则兼善天下"，也就是所谓"节"和"道"。

孟子一方面不赞成告子说的"食色，性也"，一方面在论"大丈夫"的时候列入了"贫贱不能移"一个条件。战国时代的"大丈夫"，相当于春秋时的"君子"，都是治人的劳心的人。这些人虽然也有饿饭的时候，但是一朝得了时，吃饭是不成问题的，不像小民往往一辈子为了吃饭而挣扎着。因此士人就不难将道和节放在第一，而认为吃饭好像是一个不足重轻的项目了。

伯夷、叔齐据说反对周武王伐纣，认为以臣伐君，因此不食周粟，饿死在首阳山。这也是只顾理想的节而不顾吃饭的。

配合着儒家的理论，伯夷、叔齐成为士人立身的一种特殊的标准。所谓特殊的标准就是理想的最高的标准；士人虽然不一定人人都要做到这地步，但是能够做到这地步最好。

经过宋朝道学家的提倡，这标准更成了一般的标准，士人连妇女都要做到这地步。这就是所谓"饿死事小，失节事大"。这句话原来是论妇女的，后来却扩而充之普遍应用起来，造成了无数的残酷的愚蠢的殉节事件。这正是"吃人的礼教"。人不吃饭，礼教吃人，到了这地步总是不合理的。

士人对于吃饭却还有另一种实际的看法。北宋的宋郊、宋祁兄弟俩都做了大官，住宅挨着。宋祁那边常常宴会歌舞，宋郊听不下去，教人和他弟弟说，问他还记得当年在和尚庙里咬菜根否？宋祁却答得妙：请问当年咬菜根是为什么来着！这正是所谓"吃得苦中苦，方为人上人"。做了"人上人"，吃得好，穿得好，玩儿得好；"兼善天下"于是成了个幌子。照这个看法，忍饥挨饿或者吃粗饭、喝冷水，只是为了有朝一日可以大吃大喝，痛快地玩儿。

吃饭第一原是人情，大多数士人恐怕正是这么在想。不过宋郊、宋祁的时代，道学刚起头，所以宋祁还敢公然表示他的享乐主义；后来士人的地位增进，责任加重，道学的严格的标准掩护着也约束着在治者地位的士人，他们大多数心里尽管那么在想，嘴里却就不敢说出。嘴里虽然不敢说出，可是实际上往往还是在享乐着。于是他们多吃多喝，就有了少吃少喝的人；这少吃少喝的自然是被治的广大的民众。

民众，尤其农民，大多数是听天由命安分守己的，他们惯于忍饥挨饿，几千年来都如此。除非到了最后关头，他们是不会行动的。他们到别处就食，抢米，吃大户，甚至于造反，都是被逼得无路可走才如此。这里可以注意的是他们不说话；"不得了"就行动，忍得住就沉默。他们要饭吃，却不知道自己应该有饭吃；他们行动，却觉得这种行动是不合法的，所以就索性不说什么话。

说话的还是士人。他们由于印刷的发明和教育的发展等等，人数加多了，吃饭的机会可并不加多，于是许多人也感到吃饭难了。这就有了"世上无如吃饭难"的慨叹。虽然难，比起小民来还是容易。因为他们究竟属于治者，"百足之虫，死而不僵"，有的是做官的本家和亲戚朋友，总得给口饭吃；这饭并且总比小民吃得好。孟子说做官可以让"所识穷乏者得我"，自古以来做了官就有引用穷本家穷亲戚穷朋友的义务。到了民国，黎元洪总统更提出了"有饭大家吃"的话。这真是"菩萨"心肠，可是当时只当作笑话。原来这句话说在一位总统嘴里，就是贤愚不分，赏罚不明，就是糊涂。然而到了那时候，这句话却已经藏在差不多每一个士人的心里。难得的倒是这糊涂！

第一次世界大战加上五四运动，带来了一连串的变化，中华民国在一颠一拐地走着"之"字路，走向现代化了。我们有了知识阶级，也有了劳动阶级，有了索薪，也有了罢工，这些都在要求"有饭大家吃"。知识阶级改变了士人的面目，劳动阶级改变了小民的面目，他们开始了集体的行动；他们不能再安贫乐道了，也不能再安分守己了，他们认出了吃饭是天赋人权，公开地要饭吃，不是大吃大喝，是够吃够喝，甚至于只要有吃有喝。

然而这还只是刚起头。到了这次世界大战当中，罗斯福总统提出了四大自由，第四项是"免于匮乏的自由"。"匮乏"自然以没饭吃为首，人们至少该有免于没饭吃的自由。这就加强了人民的吃饭权，也肯定了人民的吃饭的要求；这也是"有饭大家吃"，但是着眼在平民，在全民，意义大不同了。

抗战胜利后的中国，想不到吃饭更难，没饭吃的也更多了。到了今天一般人民真是不得了，再也忍不住了，吃不饱甚至没饭吃，什么礼义什么文化都说不上。这日子就是不知道吃饭权也会起来行动了，知道了吃饭权的，更怎么能够不起来行动，要求这种"免于匮乏的自由"呢？于是学生写出"饥饿事大，读书事小"的标语，工人喊出"我们要吃饭"的口号。这是我们历史上第一回一般人民公开地承认了吃饭第一。这其实比闷在心里糊涂的骚动好得多；这是集体的要求，集体是有组织的，有组织就不容易大乱了。可是有组织也不容易散；人情加上人权，这集体的行动是压不下也打不散的，直到大家有饭吃的那一天。

在筵席上选女婿 品鉴·赏味

刘守春

　　"假如你要考察新女婿的品行，找他来打几次牌就成。"友人某甲对我这样说。在牌桌上看出人的品行，这的确是不可否认的相人术之一，但作为选女婿的手段，我却不以为然。理由是：第一，发展了少年人的赌兴；第二，找新女婿（其实也不曾是"女婿"，因为一经"女婿"，大局已定，大可不必考察了）来打牌有失家长尊严；第三，以赌局作为人生大事的序曲是一种不吉利的预兆；最后，有不少模范青年不会打牌。就以我自己来说吧，直到现在，是近乎三十岁的人了，别说"乐在其中"和"门前清"等名目繁多的"摩登"牌打不来，就连五年前的"古典"麻将也不会。如果当年我的岳父也采用了牌桌上的"动的相术"，那我直到现在也不会得到他的美丽而又贤惠———虽然醋劲比较地强些———的大女儿了。

　　于是——学了新派诗人的说法——我的题目来了：应当在

233

筵席上选你的女婿。爵士午餐也好，华贵晚宴也好，即不在"筵席"，君子茶座也是好的。饭厅、餐室、食堂、茶座——都是人性的实验场。

现在就来看看那些被邀请来的少年客人吧！这里可以看到他的教养、趣味和品性。

如果媒婆说这个女婿如何有家产、如何能干，那你就看他怎样下筷或者用他的汤匙和刀、叉之类吧。假如他下筷是那样局促不安，把筷子在碗里尽是挑呀拨的，或者他用鱼刀切了牛肉且用这刀送牛肉进口去，或者吃完了东西把刀和叉交叉着放在碟子上时，那就证明了媒婆的谎言。即使不是哄骗，那也一定是吝啬鬼，不大肯给儿子出去吃东西。这也说明了他的家长对教子之道近乎外行。或者，那儿子是个不大高明、相当顽固的青年；不然，一本最薄的礼貌书就会教给他这些常识了。

但青年人的教养是容有不周之处的。在筵席上局促不安未必说明了他的无望，只是说明了媒婆的夸张过分而已。

礼貌之类还算是小处，我们再来看看他别的小动作吧。

现在先来替你的新女婿斟上一杯酒，他会说"谢谢"或者"不喝"。说"谢谢"而没有诚恳的语气或脸上没有笑容的，他目前必不曾做过事，接触过社会；即使他有职业，也一定是在个狭小的圈子里头的。但有一种人"谢谢"得太"流利"了，大半是吃白食的老手。朋友Ｖ君告诉我有一个女戏子老在筵席的终了时拍拍她的屁股，笑着说一声"阿里阿多果煞伊妈死"（日语"谢谢"的意思）——走了。

这是多少近乎不庄重的。

如果他说"不喝"，也得看他是否出乎至诚。看人的真伪就在他说"不"字的时候，喝酒不过是一个例子。有好些作伪的能手，不但口口声声说对某事不感兴趣，而且会说出一大堆理由来，让你心服；然而眼睛一眨，他已主持那桩他"不感兴趣"的事情起来了。这些人如不成为大阴谋家，也该是个小半吊子。你选择女婿之初，可以在第一杯酒的时候看出些痕迹。

冷拼盘来了，你可以看他的选择。如果他并不偏爱某一种冷菜，那说明他善于适应环境。假如你发现他连着吃三块、四块以至五块的肝，那说明他健康有问题——不是牙齿不好，就该是血分不足——于是他听了医生的话多吃肝。要选女婿，健康第一，丑一点不要紧，不健康是为大害，结婚后难和你女儿过一辈子愉快的生活。牙齿不好和血分不足也许是先天的，后天的就说明了那少年不大懂得养生之道。

也有些人是爱好吃肝的，就像有些人爱吃鸡一样；但若连着吃同样东西，始终显得缺少冒险精神，无疑是十分保守的。如果生活有保证，保守亦有保守的好处，他将和你女儿"贯穿始终"；脾气坏些，他也会惯于忍受，走路摇摇摆摆，他也会乐于天天和她散步的。

冷拼盘的东西下去，热炒陆续地上来了。这时你可以随时观察他。比如在头几个碟子来的时候尽量地吃，到后来几个吃不下了，这不但说明他在礼貌上学得不太到家，而且可知他做事不懂计划，不免虎头蛇尾。有些人能始终维持狼吞虎咽的样子，不但有平均进食的计划，而且有超乎此的"吃一、夹二、看三、想四"（即在第一块肉放进口后，用筷子去夹第二块，眼睛盯住第三块，心里已经在打第四块肉的主意）的计划。此人病在贪得无厌，迟早讨小老婆，赌起钱来会没命，做生意必想投机无疑；而且正如预备把胃作为食欲的牺牲一样，他将不惜以自己的健康作为色欲的牺牲，将"爬勿动"作为投机失败的退路。再则，东西吃得太多实在是不好的，胃里装得太满，头脑就不会活动，如果爱迪生与甘地是饕餮之徒，他们绝不会成为两个伟人而是两头猪了。

你还能在筵席上看出他对人的态度之类。有些人很拘泥一种习惯，而不问其意义如何。举一个例说，颇有人爱把醋和清炒虾仁一起吃。这一点，在我看来，是毫无意义而且简直是对主人有些轻蔑的意味的。金圣叹能说出豆腐干和花生同食的味道来。但那些醋，虾仁的爱好者却从来说不出他所得到的新效果。推其原因，无非在某些场合虾仁不新鲜，或者没有鲜味，或者带几分腥臭，这时便不免用醋来掩饰这种弱点；如果虾仁本身好，或者在应当尊重主人——相信他用好虾仁——的时候，更不该加醋。

即在虾仁加醋一点上，也有高下之分。自己加些，只说明了他缺乏实验的精神，有些人就不管三七二十一地将一盘醋往碟子里浇，这种人一定具有傲慢与偏见两种弱点的。慢把女儿嫁给他，否则至少在年轻的时候要吃亏，因为他将以自己为中心，而执行他的于人于己都没有好处的暴政；但若你的女儿能够给他装进许多先入之见，倒也是不错的。

对于调味的态度，有两种不同的人：一是对每个菜（尤其是对西餐的每个菜）自己来一番加工；一是很少或简直不利用食桌上的调味品。从这一观点上来实习你的"动的相术"时，可以看出四种不同的性格来。

先说那爱给每一个菜加佐料的人吧。有些人为了表示自己有饮食修养，在适宜的菜里加些适宜的调味品，这女婿从吃的立场看是大可要得的；只是如果你的女儿不善烹饪时也很易受他的气。佐料需要在合适的时候加在合适的碟子里，而且需要合适的分量。另外有种恰好相反的人，他们非常爱加佐料，这是谈不上方才所说的饮食修养的。他们想把加佐料作为表演自己能力之方法，实际上他还是食而不知其味。即知矣，也是近乎"不求甚解"的。以前曾经讲过那种爱在虾仁上浇醋的即是一例。有一位朋友爱茄汁如命，无论在汤、菜、冷盘碟，甚至在面、饭里都爱浇上好些茄汁。此君实在傻瓜也，难怪年逾"不惑"而没有人把女儿许配给他。在西菜的宴会也不乏兼爱茄汁和辣酱油的人吧，他们多半缺乏一种实验主义者的精神，弱点在保守、苟安、缺乏推动的能力和远见。假如是一个有深思而对饮食稍微留意的人，他将设法使自己体味到每个菜味的最微妙处。在这种微妙的滋味体会之前，他绝不会鲁莽地肯定那菜的好或坏，而随便地加佐料的。如果你希望你的女婿是一位有判断能力和进取心的青年，你先得观察他是否有判断饮食的精神——能力倒在其次。

然而对加佐料的态度也有一个例外，那是"地方性"。例如江苏人好甜，四川人爱辣，宁波人喜咸。喜欢酸和苦的人也有，有些地方的人爱好"香"——葱、韭、蒜头之类，这些"香"味在江南许多地方是不习惯的。这种情形之下，"人不可貌相"，不能因为他爱韭菜而以为他的心地也"沆韭一气"；爱吃苦瓜的未必象征"人上人"的特质。不过多吃咸东西的人讲起话来比常人来得响亮，多半易于使人误会，那倒是事实。

至于不爱使用调味品的人也有两种：一种是敏感的，能虚心地去体味每个菜的鲜味，还有一种却相反地显得太老实了。如果你有一个"中庸"的女儿，不妨选两者中的任何一种人做你的女婿。如果她太老实时，那么把她配敏感的人容易处处引起他的不满，并且她将不了解他的内心痛苦；配给太老实的呢，这家庭便不容易改良，对于外来的侵袭也将不会应付。如果你的女儿是十分敏感的，你把她配给敏感的人吧，他们之间容易产生一种虚伪的生活，配给太老实的人就会使她寸步难行。故曰，不加佐料的女婿，非不可取，却需要以合适的女儿给他。婚姻的配合之道正如调味，原则是两者"调和"，而"调和"的方法是"不对立，但也不一致"。例如糖和盐，两极端也，等量地使用糖和盐做不出好菜来，单是糖或盐也调不出好味道。正如先前所说，太老实的女儿配太老实的女婿是不聪明的。

每个人有他特别爱好的菜，这种爱好的成因是很复杂的。你在这时要看的不是他爱什么菜———因为从这里得不到你相术的结论。而是看他怎样应付他心爱的菜。这样，你将看出两种不同的性格：显和隐。

这里我们先看一段小小的插曲。据说有一位小姐，自小到大不曾脱离过家里的咸黄鱼味，后来成了相当显著的人物，外来的川菜、粤菜、"番菜"，也习以为常了。但每当她偶尔在大菜之余见到小小的碟子里薄薄的两三片咸鱼时，眼光中就会透露出一种非常饥渴的不胜依恋的表情，这种至性之流露，连最好的导演也教不出来的。她的"隐"是有了八分成就，心里同时也有八分隐痛，假如有一天包围她的人们由于过分仰慕或诸如此类的理由要求她说一句最最内心的老实话时，她一定会热情地爆发出这样的呼声来："我爱咸黄鱼！"

"隐"而能看不出的，是为隐之上者，从眼光中看出"我要"的表情，像这段插曲中所提及的那位小姐，是为隐之下者。"上隐"富有涵养性，该防的是兼具政客的条件；"下隐"，人是不会坏的，病在假作聪明，爱以风雅多礼自居，不得意时恐怕要给人叫"户口米"，得意时会买进些假古董来观摩自得。